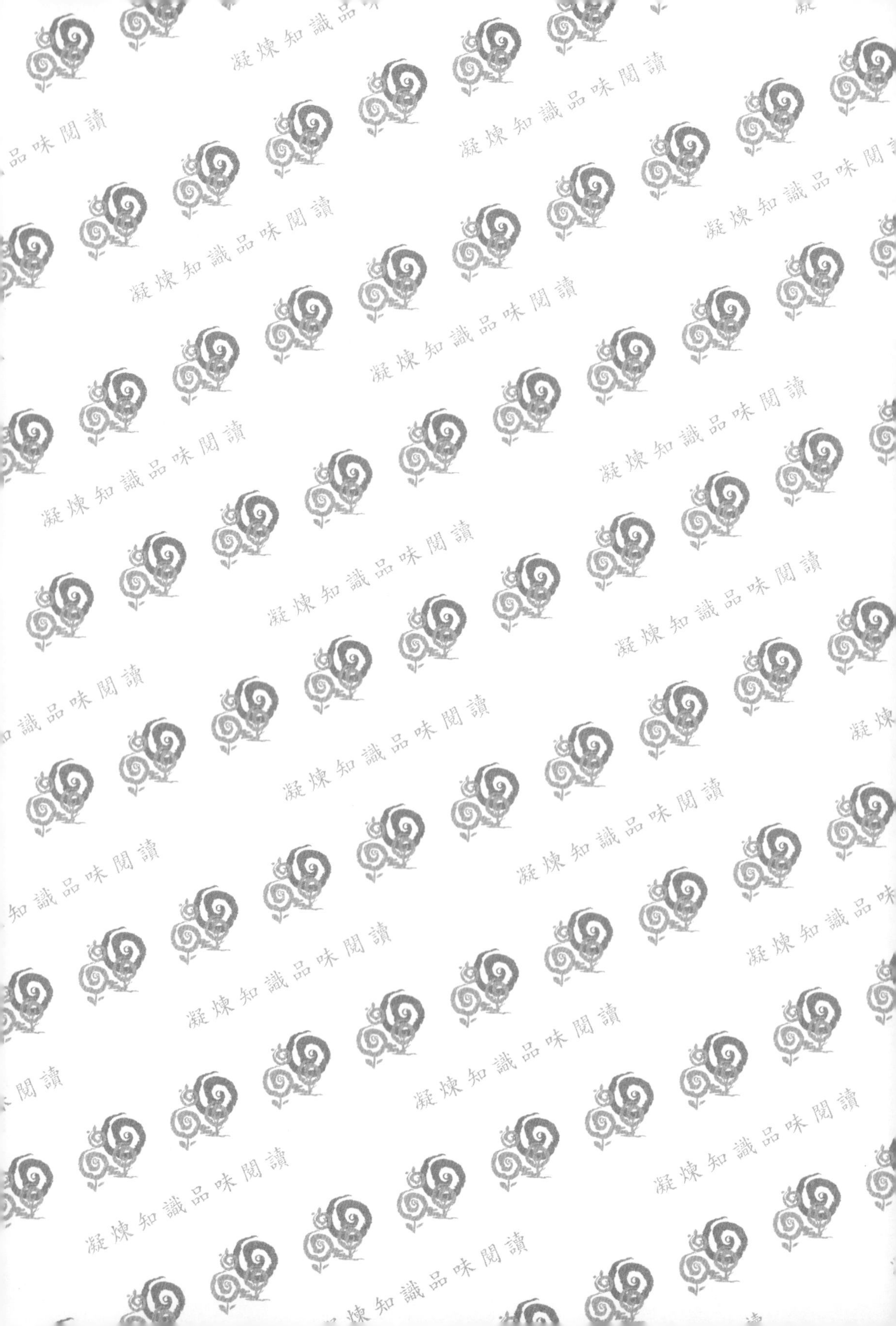
凝煉知識品味閱讀

五南圖書出版公司 印行

大學寫作課

精進書寫能力1

——遣詞用句掌握文氣篇

李智平——著

書序

一套從形式規範寫作的書，從遣詞用句掌握文氣開始

《精進書寫能力1——遣詞用句掌握文氣篇》與《精進書寫能力2——思辨與論說文寫作篇》是一套教導如何從最基本的遣詞用句，再到完整寫出一篇論說文的書，也是透過寫作形式規範寫作內容的作文書。

當我剛開始教寫作時，原以為學習者可能僅是缺乏文體寫作的觀念，實際卻是連遣詞用句都狀況百出，因此本冊以「遣詞用句掌握文氣篇」為先導，指引刪修冗詞贅句、提升寫作文氣，以及精準表意的方法。精熟這些方法之後，當我們再接收外界資訊時，自然會區分什麼是我要的，什麼不是我要的，什麼樣的言語表述引導性過強、修飾過多，企圖影響我們的價值判斷。浸淫久了，更能從中建立起個人與世界連結對話的自信心，不容易隨波逐流，受他人影響或擺弄。

我經常聽到教學者批閱作文時的感慨，如言：「不好的作文改得多了，連自己的寫作都會受到影響。」但在我看來，能把握遣詞用句原則後，教學不但不會受影響，反而能迅速且清晰直指問題所在、成因，給予適當的修改建議，更能持續精進自己的教學、寫作能力，一舉數得。

快樂書寫？不必然與快樂掛勾的寫作訓練

「寫作快樂嗎？」若把這問題拋向學習者，大概十有八九都會搖頭稱否，但讀寫教育就是想傳達寫作是情感抒發的重要管道，鼓勵既要能多閱讀，還要能寫得出來，把書寫當成一種生活習慣。然而，「快樂」、「寫作」是否為一必然性的連結？所有的寫作都是快樂的嗎？如果寫作無法得到快樂，能否選擇不寫作？

生活中，我們會遇到很多不能以快樂來形容，卻是生活所必須的寫作，如：求學、職場工作。此時的寫作是達成目標的工具，快樂與否不是構築在寫作的過程，而是當我們得到知識或達成某實際、功利

目的後的愉悅或滿足。這與文學創作把寫作過程與目的連結在一起不同，因爲文學創作過程往往是情感抒放的開始，當完成作品時，情感終得釋放。

故書寫教學宜區釐清「非文學寫作」、「文學創作」的差異，不能概然視爲應該是快樂的。當無法區別二者，便會發現實際的寫作離快樂的目標愈來愈遠，這是強以過程的快樂蓋括在一切寫作之上，混淆二者關係所致。

所以，從「遣詞用句掌握文氣」爲開端，是最根本的寫作訓練。而訓練本身是辛苦的，必須先汰除、改變舊有的寫作觀念，再建構新的觀念，反復練習、修正才能略有所成。過程中，不能有任何取巧，也是一無止盡的修練過程。若缺乏持續不輟的閱讀、書寫、修正，語文的敏銳度便會降低，如同學習其他語言是一樣的道理，經常使用自能熟能生巧，一旦不使用、不接觸，就會生疏。

這是一套寫給誰看的書？

想要教導他人，或自己想要寫好一篇文章，就得先接受嚴謹的語句訓練。在我教導自行刪修冗詞贅句的方法時，學習者偶會抱怨刪修幅度過大，最後剩沒幾個能用的文句，但他們也是在這過程中，開始靜下心來梳理各自的寫作問題，譬如：強化論點，增補論據，確認論證過程無誤，一步步充實內容，到成爲一篇完整的文章，與此同時，思考也會變得縝密細緻。

因此，本套書預設的閱讀對象有以下五類的讀者：一是第一線的語文教學工作者。書中除了舉列各種寫作問題，還儘量找出各類問題成因，有助於教學者知曉問題癥結，給予正確回應。

二是有志於語文教學的研究者。首先，語文會隨著不同的時空環境、人、表達形式而有不同的改變，非有固定形式。本套書僅是觀察語文表達中的某些面向，其中尙有許多可討論論辯或是開展出不同面向的觀察與研究。其次，不同專業的語文表達需求各有不同，如：傳播所需的語文能力與理工所需的語文能力就不一樣，其他亦然，當其他領域共同加入語文的教學、研究時，將能開啓各種多元對話。

三、精進讀寫能力的社會人士。工作職場、生活免不了需要寫作，具備縝密的思考邏輯、精準的書寫表意者較能受到青睞，對有志精進讀寫能力的社會人士而言，可在原來寫作基礎上，給予更進一步的學習參考。

四、提升專業寫作的大學生、研究生。進入大學以後，各專業領域的讀書報告、學術論文都是論說文的延伸，扎實的論說文寫作訓練，可作爲專業領域寫作的基本功。

五、爲未來扎根、奠定基礎的中學生。寫作能力非一蹴可幾，本套書關於遣詞用句、基本結構、邏輯思考等篇章內容，咸可強化中學生平日理性思考、寫作之能力，提高對語文的敏銳度。

致　謝

本套書能順利出版，要感謝很多師長、學術先進、學生與讀者們的支持。尤其是我的博士論文指導教授前中研院近代史研究所的張壽安研究員，老師除了啓發我學術史的研究，更鍛鍊了我思辨、語感、寫作等諸多能力。而羅麗容、趙中偉兩位師長，則是引領我走入寫作教學的重要推手。

其次，感恩臺灣警察專科學校的長官、師長、同事們提供我莫大的發揮空間，尤其是我供職的通識教育中心，陳宏毅主任在內所有師長對我的照顧。

同時要感謝警大通識教育中心鄒濬智教授的引荐，讓我認識了文瓊副總編輯，進而促成本套書的誕生。撰寫之初，我因內容定位、走向等問題，停停寫寫，感恩副總編輯始終相信、等待我，終在延宕兩年後，完成此套書。

還有，學生一直是我教學前行的動力，大學教書十餘年，從兼職到專任，我教授過數以千計的學生，在他們勤勉的學習與支持下，我也不斷精進自己的教學能力，彼此教學相長。而替本套書提供修改示範、撰寫議論文範文的姿君、家妤等八人，他們曾是我的學生，特此感謝。

最重要的是感恩我年逾九旬的祖母，以及父母與所有家人，在他們無盡包容下，我才能在這條研究與教學路上不斷完成自己的理想，在此致上我最誠摯且無盡的謝意。

李智平

謹識於臺灣警察專科學校萬芳樓110室

中華民國一零九年九月三十日

目　錄

緒　論

當我開始教寫作時，發現學習者最大的困惑多源自於不知爲何而寫；對於寫作的印象、目的，往往停留在爲了考試、升學，卻不知其眞正的用處。最初我只是源於教學所需，撰寫了一些講義與教學論文，尤其側重在論說文的寫作教學，沒想到最後竟成爲這十餘年來不斷研究的課題，進而完成《精進書寫能力1——遣詞用句掌握文氣篇》與《精進書寫能力2——思辨與論說文寫作篇》這套書。

一般論及論說文與其他偏向個性的寫作文體時，經常落入二者擇一的矛盾，覺得書寫生命、性靈等個人情意抒發的寫作特別重要；相對於理性思考、論辯的論說文就顯得興趣缺缺，卻忽略這也是人生的一部分。且受制於過往對論說文教學偏向形式化卻缺乏實際內涵的刻板印象，就更難提起教與學的興味，但論說文教學眞的只是這樣嗎？

以下我將從論說文寫作教學的重要性，逐層梳理、澄清「語文與文學」、「非文學寫作與文學創作」的差異；進而從教學現場的觀察、階段學習能力，開創論說文教學的新藍海，作爲整套書的緒論。

論說文寫作教學的重要性

論說文寫作的方法論的建構，是當前寫作教育中較爲缺乏的一塊。「論說文」主要分成說明文、議論文兩大類，「說明文」是客觀說明某人事物，「議論文」則是透過論辯，評定某爭論之議題或論題的是非正誤。兩種文體使用範圍廣，又因不同的功能需求，衍生出各種常見的文體，如：各種說明（文）書、廣告、解釋說明……屬於說明文的範疇；各種公共政策的評論、文學與非文學的評論、宣傳稿、雜論……則是議論文的範疇。此類型寫作強調邏輯思辨、縝密結構、搜查資料的能力，若不懂得相關寫作方法，很難進入更專業領域的知識學習，也很難以客觀、多視角的反省思考，介入當前許多社會、公眾、國際議題的討論。

所以，近年來除了提倡個性寫作，另有一股倡言理性論辯的寫作聲浪興起：如來自於學術界要求改革「大學國文課程」內容，朝向實用化教學與寫作邁進；也有來自培育國文／語文教學師資的中文系的自我反省；[1]另有因應國內學測、基測作文考試方向，掀起的歐美各國語文教育的對比；還有公民力量崛起、職場實務需求……等等。[2]

若仔細聆聽這些倡議，將會發現其中共同訴求是：懂得理性思辨的方法，如何能精準用詞，結構嚴謹且有條不紊的表達個人意見，這

---

① 改革大學國文課，讓大學國文課不再只是「高四國文」的聲浪，一直未曾停歇。尤其是當「共同必修課程」在民國85年（1996）經大法官釋憲因違背大學自治法而被廢止後，屬於其中課程之一的「大學國文」便面臨著存廢與否的挑戰。既要存活下去，不免得接受各界檢視其內容是否符合「共同必修」的特性，這也包括來自於中文系自己對於國文課程的檢討。對此議題討論者甚眾，已是橫跨幾十年的討論，包括課程內容走向、課程的存與廢，如何改革等問題。由於相關討論甚眾，僅羅列不同年代的討論以供參考，詳可參見中華日報主編：《大學文學教育論戰集── 中文系和文藝系的問題》（臺北：中華日報社，1973年3月），共370頁。喬衍琯：〈是大一國文還是高四國文？〉，《國文天地》第5期，1985年10月，頁52-55。國文天地雜誌社：〈大學國文問題會診專題〉，《國文天地》第15期，1986年8月，頁12-39。通識在線編輯部：〈主題論壇：大學國文教育的省思〉，《通識在線》第75期，2018年3月，頁12-35。李智平：〈在語文與文學之間── 高等教育之國文教學定位芻議：兼論警專國文課程未來發展的可能面向〉，《警察通識叢刊》第11期，2019年9月，頁6-43。

② 有關於與歐美語文教育對比的討論，如孫有蓉比之於法國的高中哲學中的語文教育、曾多聞以美國讀寫教育爲例、吳媛媛談瑞典的國文（瑞典文）教學，其他還有翻譯自德國的公民思辨課、法國高中生哲學讀本等。以上相關討論，部分已放入書中各章節，如孫有蓉、吳媛媛的觀察可參見本套書《精進書寫能力2── 思辨與論說文寫作篇》的第七講第五節「爲何要學『論說方法』與『論說文寫作』」、曾多聞的觀點可參見本套書第八講的引言。至於德國公民思辨課，可參見克利斯汀・舒茲－萊斯（Christine Schulz-Reiss）等著、陳中芷等譯：《向下扎根！德國教育的公民思辨課》系列叢書（臺北：麥田出版社，2020年8月），共七冊。而法國的高中生哲學讀本，則可參見侯貝（Blanche Robert）等著、廖健苡等譯：《法國高中生系列讀本》系列叢書（臺北：大家出版社，各冊分別出版），共五冊。
至於來自於職場需求的寫作力、思辨力、溝通力表達的訴求、相關書籍更多，族繁不及備載，僅提供商業周刊編輯部：〈越寫越聰明系列報導〉，《商業周刊》第1012期，2007年4月，頁86-140。

與以往對論說文寫作的刻板印象大不相同。

然而，論說文寫作與教學之難，在於與記敘、抒情、描寫等文體偏重主觀感性背道而馳，在遣詞用句、結構章法、構思內容等差異甚大，歸結其核心問題意識，則與「語文與文學」，「文學創作與非文學寫作」的概念差別有關，倘若概然等同這些概念，不知其差別，自難達成預設的教學、學習目的。

語文與文學／非文學寫作與文學創作

「語文」（language）與「文學」（literature）是不同的概念，而「非文學寫作」、「文學創作」也是不同的概念，但一般卻很少區辨國語文的教學目標到底是著重「語文的」還是「文學的」；進行「寫作教學」時，也很少區分是導向實際應用，客觀觀點的「非文學寫作」，還是具有原創精神、主觀情意的「文學創作」。

先以語文、文學來看，「語文」是人類語言的表達工具，涵蓋聽、說、讀、寫各個層面，以此爲媒介，達成溝通目的。除非將語文視爲研究對象，方可使語文成爲目的；若逕以語文爲目的，而未強化寫作者知識的深廣度，語文教學將流於空洞無味。

「文學」是人類語文表達的目的之一，其定義甚廣，此處暫界定爲具有文學性質的作品，與非文學性質的表達相對。故語文、文學不能等同視之，若以範疇大小來看，則語文涵融了文學、非文學。

換言之，「語文」涵蓋了「文學中的語文」、「非文學中的語文」，但若想從「文學作品」中去提煉「所有的語文能力」，認爲多讀一些文學作品自能通熟各種語文表達的能力，自是本末倒置，緣木求魚。畢竟，語文廣涵「一切聽、說、讀、寫」的「訓練」，而與文學追求的是生命的、道德的、美感的「體會」不同。

再從「非文學寫作」、「文學創作」來看，「非文學寫作」著重理論、實用、應用，只要不是文學的書寫悉可涵括其中，範圍、用途甚廣，舉凡各類解說性質的文章、論辯性質的文章，又如學術、商務、公務、生活……等各種社會交流的寫作皆屬之，這種非文學寫作散見於生活各個層面，隨時用得到，且定然得學會，而不能以不喜歡、不擅長寫作便拒絕學習。

至於「文學創作」則是帶有原創精神的文學作品，較偏重個人主觀經驗的體會、感覺，內容須帶有文學美感，使人讀之能感同身受或身歷其境。有的人情感豐富，對文學敏銳度高，文思泉湧；但有的人對於周遭變化感悟力弱，個性實事求是，見山是山見水是水，未必人人都能寫出好的文學創作，此係天性使然，不能強求。

由於「非文學寫作」以溝通爲務，彼此得在約定俗成的範式下進行交流，不能各談各調，所以，「非文學寫作」結構性極強，透過穩定的結構來表達、陳述寫作者的觀點、理念。這與「文學創作」有極大的差異。文學創作的結構變化多端，透過結構的變化以表達藝術的特性與美感，提供讀者多元的想像、詮釋角度，以延續作品的生命力。非文學寫作的目的很直接且簡單，就是開門見山，以最清楚了當的方式傳達訊息。

我們經常在寫作教學的過程中，遇到以文學角度反斥語文教學的制式八股，而把語文中許多約定俗成的制式溝通模式視爲洪水猛獸，認爲是束縛了人的情性，這實際是混淆了「語文與文學」、「非文學寫作與文學創作」。舉例言之，當進入專業的學術、商業寫作時，要求與規範愈趨嚴格，彼此間的溝通、競爭、攻防，並不強調修飾絢爛的詞采、千變萬化的結構，而是能否在既定的要求、規範下，提出更有力，也更有利的條件、證據、說明……彼此達成目的。

總上所言，既然不可能人人都是文學家，但基本的溝通表達能力卻是人人所必須。所以，這套書撰著目的不是教導文學創作，而是從基本的遣詞用句開始，再到非文學寫作中的「論說文」——說明文、議論文的寫作方法，這種寫作能力屬於「技術性的知識」，實踐性強，得反復鍾鍊方能有所成。

來自教學現場的觀察

講授寫作課程十餘年，我觀察到許多年輕學子的寫作有以下幾點問題。

一、缺乏文體寫作概念。「文體」是指文章體裁，面對不同的情境、需求時，以不同的文學形式表現者，而基本文體有：記敘文、抒情文、描寫文、論說文、應用文等類。若問學生某文爲何種文體，他們大抵能正確說出答案。但若再追問「該文體的特點爲何？」「爲何該文可視爲某文體？」比如說：蘇洵（1009-1066）〈六國論〉爲論說文，一旦問及「論說文的特點爲何？」「如何從〈六國論〉的內容證明其爲論說文？」卻多沉默以對了。當文體認知基礎未穩，又怎能理解文體不同，寫作方法也各異其趣？最後，無論遇上任何題目都以相同模式應對，當基礎未穩又怎能談各種寫作的變化，更何況是銜續更高深且專門的寫作。

二、缺乏從語詞到文句，再到篇章布局的寫作教學。文體是從整體的概念來看寫作，語詞、文句再到篇章布局則是從局部檢視寫作。缺乏整體概念會連帶產生這些局部問題，如：在不合適的時機使用不當的語詞、修辭，文句的過度單一化或迂迴而缺乏力道，乃至於結構錯置到篇章布局不明。

三、強調書寫心靈，而缺乏論說文的寫作教學。這牽涉到寫作教學的目的是文學式的抒發心情？還是偏重理論的、實用性的、應用性的非文學寫作？當前臺灣的寫作教育偏向前者，主張表達自我，故學生寫作時多能流露出各種豐沛的情感；一旦談到論說文，則停滯於起承轉合的結構，或充斥名言錦句，或大談高調等受制於過往升學體制下的陳舊概念。

因此，實有必要爲「論說文」寫作教學辨誣，或者還不僅於斯，而是爲寫作教學正名。從課程設計來看，「寫作課」淪爲國文（語）課程的附庸而不能獨立，教學目標就容易分散，因爲講授一課或一個單元時，既要上課文、還要辨別形音義、辨別文體、練習不同文體的寫作，未免強人所難，必須有取捨，而寫作是最容易被捨棄者。到了大學，經常可見學生們輟斷的寫作經驗，有停留在高中、國中，還有停留在小學高年級，甚至小學初階階段者，端看個人的寫作學習經驗止步於哪個階段，表現出的寫作能力便常停滯於當下。

不同階段該習得的寫作能力

「論說文寫作」該安排在哪個學習階段？其實，這是一個長期培養的能力，而不是進到某學習階段後，突然從其他文體跳轉開始學習論說文。論說文寫作是思辨能力落實在寫作的展現，必須經由長時間且大量、廣泛的閱讀，尤其是非文學文本的閱讀，以厚實對世事的認知、判斷的能力，進而提出自己的觀點、論點，提出具體論據以捍衛自己的立場，這都不是一蹴可幾的。

遺憾的是，即便到了大學階段，這樣的寫作能力的鍛鍊也未受到重視。相比作爲國際共通語言——「英文」的論說文、學術論文寫作教學相對成熟，如：該用哪些詞彙來表意，結構如何擬定，看到哪些「論證指示詞（argument indicators）」便能迅速找到文章重點……從閱讀到寫作都有具體的規範與教學方法。除了提升以英文爲母語者的專業寫作能力，更重要的是利於更多非以英文爲母語者在專業領域的溝通交流。

反觀中文論說寫作教學呈現兩極化。專業性高的學術論文寫作不乏教材，或直接翻譯原文書，或由各專業領域具有豐富學術論文寫作經驗者傳授寫作秘訣心法，但基礎的論說文寫作教學就乏人問津。儘管中國大陸的大學寫作教材多會介紹何謂說明文、議論文，但大多直接總結文體寫作特點，而少有亦步亦趨教導如何寫作的步驟、進程。③

---

③ 中國大陸許多大學針對「大學寫作」，著有專門指引寫作的教材，此類型教材大多偏向寫作觀念、原理、方法、經驗的總結，理論性強，適合教學者先行閱讀消化後，再援引例證解說，較不適合初學者直接閱讀。本套書曾徵引過的書單，可參閱〈參考書目〉，詳見：《精進書寫能力2——思辨與論說文寫作篇》。

因此，本套書是從遣詞用句與培養對文字、文章氣勢的敏銳度開始，到對說明、論辯能力的掌握，再到完成一篇論說文寫作，最後是懂得自我檢視寫作問題的方法。特點是從最根源處找出問題癥結，最終為進入學術研究與職場的專業寫作預作準備。

如何走向論說文寫作教學新藍海

撰寫之前，我深恐「論說文寫作」這樣一個通俗的主題會否與當前出版市場重複，若缺乏創新性，亦難覓得一確切定位，所以，當我在蒐集資料階段，每每見到圖書館、書店汗牛充棟，整櫃的寫作教學書，不免心生惶恐。經過兩年的涵泳、構思，當自己亦蒐書成山，萬籤插架，便也逐漸從中理出頭緒。

我權將目前市面上的寫作書歸納成以下七類，分別是：一、依年齡分層的寫作書；二、依考用目的分類的寫作書；三、總結語文教育與教學經驗的寫作書；四是總結個人創作、寫作經驗的寫作書；五是指引文學創作寫作書。六是專業類型的寫作書，如：學術論文、職場文書寫作；七是專業領域分析的寫作專著。

本套書既不依年齡分層，也不是考用類型的書，也不談個人創作經驗，自與文學創作無關，而主要是根基於第三類型從個人語文教學的經驗為出發點，鎔鑄第七類「專業領域分析的寫作專著」，並為步入第六類型的專業寫作打底。

在此，有必要介紹「專業領域分析的寫作專著」。論說文寫作的教學是多種專業領與知識的彙整，譬如：「邏輯學」對寫作方法，如：定義方法、歸納法、演繹法、謬誤的分析；「文法學」從透過分析語詞、文句講述寫作原則；「修辭學」如何利用修辭強化文氣；「歐西語言」即英文寫作語法對中文寫作的影響……等，所以，要完整駕馭論說文教學，得經由不同專業領域知識的介入。其優點是能化解、補足純從寫作教學切入論說文時，只能從表面淺釋，卻不能深入追溯問題成因的缺憾。缺點是專業領域分析的目的非必然是為了寫作教學，也不是每個人都能通曉各專業領域的知識，過於專業的深度分析反不利於論說文的教學與認知。緣此之故，我試圖在語文教學經驗的基礎上，融會不同的專業知識領域，從多元的視角建構論說文寫作的教學方法。

最後，本套書最大的特點是理論與實用兼備，從「遣詞用句掌握文氣」到「思辨與論說文寫作」，秉持實事求是、追根究柢的研究精神，試圖將觀察到與寫作相關的問題，追溯其成因，而非停留在感覺上的疑似或猜測。所以，對教學者而言，本套書既指出寫作形式的問題，還點出問題癥結、並舉出實證說明，以期能知其然更知其所以然。對於只想「知其然」者，則在每講前後設計了「教學目標」、「摘要」、「本講重點回顧」，幫助讀者迅速掌握該講次的重點。

總之，這是一套以非文學寫作，特別是以論說文寫作教學為主的書，希望能走向一條有別於以往的寫作教學新藍海，更冀以拋磚引玉，得到更多共鳴與回饋。

第一講

認識寫作

教學目標

1. 區分寫作與創作之別。
2. 寫作目的在達成溝通。
3. 寫作對生活的重要性。
4. 學習安排寫作的進程。
5. 思考、寫作、口語表達的差異。

摘要

本講是全書開端，重點放在認識何謂「寫作」，進而思考寫作的社會意義，提出學習寫作的重要性，還有學習寫作前的準備功夫，以及如何才能學好寫作等，而欲打破寫作是靠天分、快樂寫作等迷思。本講共分成三節，說明如下。

第一節，突破學寫作的迷思。討論一般人因混淆寫作、創作的概念，對寫作感到害怕的諸多理由。

第二節，學習寫作的重要性。從生活應用、知識學習、職場需求、提升文化水平等，提出學習寫作的重要性。

第三節，如何才能學好寫作。從掌握形式、廣博閱讀、洞悉體裁、有好奇心、培養讀者、反復練習等，提出如何學好寫作的方法。

第一節　突破學寫作的迷思

許多人聽到寫作就害怕，覺得一輩子都寫不好文章，並視爲畏途。但寫作不等於創作，在學習書寫之前，我們有否認清概念上的差異？是否每個人都一定得要會創作，會寫作？二者有何區隔？

「創作」是帶有文藝性質，具有個人原創精神文學性質的寫作，目的是表達個人情感，展現寫作者的主觀情意。「寫作」是語文表達的形式，即「聽、說、讀、寫」之一環，就最廣義來看，涵蓋「文學」、「非文學」的書寫。再從創作、寫作是敵體並立角度來看，則創作是指「文學創作」，而寫作是「非文學寫作」，故本套書所言所論實爲「非文學寫作」而不是文學創作。

「非文學寫作」還可細分爲理論寫作、實用寫作，以下引用于爲蒼等人的觀點，對比其異同：

> 【理論寫作】這是以議論爲主要表達方式的一種說理性寫作。寫作過程中運用邏輯的概念、判斷和推理，對客觀事物和社會現象進行探討研究和分析評說，探求發現和創新，講明道理。理論研究寫作的要求是：意圖要明確，主題要鮮明，體系要嚴密，語言要準確；論點準確鮮明，論據充分可靠，論證嚴密有力。寫作技巧要求是講究形象說理，融情於理，情理相映，相得益彰。
>
> 【實用寫作】這是社會生活和日常生活中經常使用的應用性文章寫作。實用文章寫作的要求是：特殊的作者身份，明確的寫作目的，固定的讀者對象，嚴格眞實的材料，邏輯嚴密的表述，規範的行文格式，平實的言語表達。①

歸結這兩種「非文學寫作」共通點有以下五點，即：一、目的、意圖要明確。二、用語要精準、平實，而與文學重感性、兼具藝術性的修飾不同。三、表述或論證過程要邏輯縝密。四、使用的材料或論據要嚴格可靠。五、寫作行文或體系以嚴謹爲要。

二者差別是：「理論寫作」偏向原則性的理論說明、分析，「實用寫作」落實生活各層面的應用，包含一般生活常見的說明解釋、議論。

總觀之，無論「文學創作」或「非文學寫作」，都在進行各種不同的「溝通」。唯「文學創作」不必然是生活書寫的必要條件，有的人喜歡創作，也善於創作，從中找到抒發情感的管道，若不喜歡亦無礙於生活。但「非文學寫作」涵蓋的溝通面向廣泛，一般人很難不用到，問題在於能否寫出讓他人看得懂的內容，還要能精準表達，因此，我們可以不善於文學創作，但不能不會非文學寫作。以下將試圖解開常見的有關學習非文學寫作的迷思。

---

① 于爲蒼編著：《大學寫作新稿》（南京：南京大學出版社，2017年8月），頁12-13。

一、懶於書寫

懶的理由不勝枚舉，可能是情緒，也可能沒有興趣，沒有迫切性……。但如前述，宜先分清楚創作、寫作的區隔，當「寫作」成爲人際溝通的必要條件時，懶就不能是藉口，每個人都得學習寫作，問題只在於學得好或不好，能否精確傳達己意，達成溝通目的。

二、天分問題

這是很錯誤的迷思，認爲寫作講天分，有人天生會創作、寫作，這是作家們的專利，與我無關，實則不然。

不否認有些人天生對外在環境的感悟力強、敏銳度高，當觸動其情感時，便能透過文學創作一表情思。但如欲落筆神速且行雲流水，非待練習不可，有哪位作家是一寫便成名的？成名背後付出多大的心力，只是讀者沒看見罷了。而天賦可以靠後天彌補，像大量閱讀，啓發、陶冶個人情感，再多加練習便能有所成，而非待天分、天才。此外，善於文學創作不等於善於非文學寫作，譬如：理論寫作所需的遣詞用句常與創作相悖，又好比法律文書的寫作定然不同於文學創作。僅有極少數人能兼得不同的書寫能力，一般人能力、性分或多或少還是有偏向的。

反觀非文學的理論、實用性質的寫作則不需華麗詞藻與繁複修辭，也不用浪漫情感，只消用最簡練的文字表達觀點與目的，天分自非必要因素。所以，書寫需有天分嗎？這是或然而非必然的問題，後天養成更重於先天。

三、缺乏動機

對喜歡書寫者，純粹出於興趣愛好，非爲了什麼功利目的，這在文學寫作很常見；但多數人因爲生活的需要，如：與人溝通、考試、工作……等理由，不得不面對寫作，這屬於功利性的書寫。從務實面來看，缺乏寫作動機並非寫作需求、目的不存在，而是有無正視這些問題。再者，亦不能將缺乏動機全歸咎於過往學習經驗的挫敗，而自覺不會寫也不想寫，寫又寫不好，乾脆放棄。當必須寫作時，無論喜不喜歡，想不想寫，能力足不足夠，都得面對。

四、迫於限制

最常見的「限制」是限時、限題、限字、限方向的書寫。在各種升學、謀職考試中，只要加試作文，這些限制就不可避免。硬性規範易造成對書寫的厭惡，消磨掉興趣，這是事實，但這能否成爲不願動筆的理由？

就個人能力視之，每個人天分、能力不一，有人才思敏捷，有人是慢工出細活，偏偏限制寫作獨鍾前者，是嗎？再從制度來看，當無法更易遊戲規則下，與其哀嘆，不如思考如何磨練文筆。

若欲才思敏捷是有條件的，在內容構思、結構、文詞兼備與運用得宜下，多加練習，自然能夠訓練出「快筆」，只不過這可得下一番苦功。

五、內容空疏

好不容易寫出一篇文章後，最擔心被批評內容空疏。空疏的理由很多，可能肇因於：思想不夠縝密，或情感流於淺薄，或遣詞用句失當，或缺乏重點，或論證不夠精確，或結構錯亂……終歸來說，就是「表達失準，無法達成溝通的目的。」如欲避免，最重要的就是認清自己寫作的問題癥結，補強弱項，逐一改正。

六、不諳文體

不同文體有不同的寫作方法，以往的國文教學雖能讓學習者釐清不同的文體特徵，但多數時候僅止於「知其然而不知其所以然」。認知文體不能光靠閱讀，還得多寫與修改，才會明白文體特點並知曉自己書寫問題所在。最常見的問題是寫作者不諳文體，遇到任何題目都以一貫方式應對，殊不知這正是致命傷。任何文體都有不同功能與特點，一旦混淆，極易辭不達意，並偏離寫作目的。

歸結上述六點可知，由於目的不同，對寫作的需求也不同。若寫作成爲生活必要溝通方法時，則不能將不善於寫作、厭惡寫作完全歸咎於過去挫折的學習經驗或外在因素，而應放眼於當下、未來，該如何突破心防，重新學習寫作。

第二節　學習寫作的重要性

學習「寫作」很重要嗎？根據許多研究、調查，都證明了這一點。如美國的大學專門爲大一新生開設必修的閱讀與寫作課，作爲基礎訓練；②各國政府爲加強各級教育階段的寫作能力，無不各出奇招，吸引寫作的動機。③寫作不僅是抒情敘事，而是一種軟實力，它代表了思維的具體展現，近至個人生活、人際往來、工作需求；遠至高深的學術研究、國際外交間的互動溝通。

因此，懂得寫作不過是第一步，還要能洞悉他人文句的意味。條理清晰的作者，書寫時會反復斟酌，確保清楚表意；反之，思緒不清，缺乏文句鍛鍊修飾者，會造成前後邏輯矛盾，文句不通……等各種缺失。以下分成四點深入說明必須學習寫作的理由。

一、不可取代的生活書寫

生活中，我們經常得運用寫作。進入網路化時代，與親朋聯絡情誼、課業學習、學術交流、辦公洽公……從敘事、抒情、描寫，再到說理、議論，都不能避免運用書寫，重要性可見一斑。但我們能否只思考，以口語表達取代寫作？

就理想面來看，從思想到口語表達再到寫作表達，應是連成一貫的，實則不然。因爲人從思想到口語表達，會受到自身表達能力或外在環境限制，未必能完整表述。從口語表達再到寫作限制更多，因爲口語文字不等於書面文字，逐字書寫成文會造成冗詞贅句；此外，寫作作爲書面紀錄，欲能精準表達內在思考，還得兼顧文法、語彙的使

---

② 詳見黃俊傑、萬其超等：〈美國的大學通識教育考察報告〉，《通識教育季刊》第4卷第1期，1997年6月，頁65-106。

③ 詳可參見本書「緒論」中的三個註腳，有羅列相關說明，此處從略。

用原則，條件限制遠大於口語表達。故好的演說者或主持人未必能成爲好的寫作者；但相對的，好的寫作者也未必能成爲好的演說者或主持人，因爲這分屬兩種不同的表達模式。

一如葉聖陶（1894-1988）對比思想、語文表達的關係而言：

> 就學習語文來説，思想是一方面，表達思想內容的工具又是一方面。工具有好有壞，有的是鋒利的，有的是遲鈍的，有的合用，有的不合用，這是一方面。思想也有好有壞，有的是正確的，有的是錯誤的，有的很周密、深刻，有的很粗糙、浮淺，這又是一方面。……有些人認爲，只要思想內容好，用來表達的語言好不好無所謂。有些人甚至認爲語文是雕蟲小技，細枝末節，不必多注意。……寫文章，馬馬虎虎的寫，用詞不當，語句不通，怎麼能説思想內容好？文章寫不通，主要由於沒想通，半通不通的文章就反映半通不通的思想。④

誠如其言，思想不等於思想表達工具，即思想不等於語文，而寫作正是檢驗思想的標準。有人認爲思想好，便不需要靠寫作來傳意，甚至輕忽寫作的重要性；但思想可以不受拘束，一旦面臨寫作，如何把這天馬行空的想法收束到寫作中，如何透過穩固的結構、精確的用詞、客觀的佐證反映出思想？這都不是同一層的功夫，更不是一步可登天的。

當生活中的書寫不可避免，又口語不能完全替代書寫的功能，則寫作有其無可取代的重要性，實屬必要。

---

④ 葉聖陶：〈認眞學語文〉，收入張玫非主編：《大師教語文》上冊（廣西：廣西師範大學出版社，2018年1月），頁3。

二、知識上的追求與增長

進入全球化時代，終身學習已不可避免，學習亦不獨在課堂，走出教室後，廣闊宇宙天地皆是學問與知識，如何廣泛洞悉世事，追求知識廣度，又如何專注於每個人的專業知能，追尋知識深度，誠爲重要。

「知識的廣度」可由生活來體驗，對生命、生活保持好奇心，時刻反省人生問題，自能產生對生命知識的渴望。若欲提升「知識的深度」則不免要專注於專門知識。有別於過去讀書目的是經由科舉考試，立志治國平天下，現在已是走向學術分科、知識專業化的時代，讀書學習的目的是爲了得到專業知識，以不同的專業知識介入社會。而學習知識不能只靠寫作的「釋出」，更要有知識的「釋入」爲前提，則以閱讀作爲寫作的基礎必不可少。

無論是廣度的人生體驗，或深度的專門知識，都是寫作的憑藉。而體驗的廣度，將豐富、拓展寫作時的邊域；知識的深度，可提升寫作的專業性與嚴謹度。《紅樓夢》第五回云：「世事洞明皆學問，人情練達即文章。」即指天地間充滿著學問，唯有懂得細細體會者，才能從容照觀世事，了悟許多人生至理。

三、作爲職場的有利條件

多數職場工作都不可避免與寫作有關，而寫作能力正是專業上的競爭條件，譬如：進入職場前的「自傳」便是第一塊敲門磚，進入職場後，若非勞力型的工作，寫作更是家常便飯，比方說：公務間的文書內容講求簡淺易懂，不能模稜兩可。至於企劃案、文案，大抵分成書面文字、簡報文字、口語表達等三種。其中，書面文字在簡淺易懂之餘，還要有層次，有條有理，使人一目瞭然；簡報最常見的就是Power Point的製作，與書面文字有同樣的要求，但更強調視覺的清晰與美感；口語表達則是吸引對方的關鍵，態度、內容、思考邏輯、語彙、語調、肢體動作、流暢度、臨場反應等，都是關鍵。再如從事學術研究、教育教學者，若無好的遣詞用句能力，又如何引領學習者？

所以，職場上很難逃避寫作，只因職業類別而有不同的寫作要求，雖不必懂得所有寫作技能，但仍應認知基本寫作技巧才行。

四、提升文化與道德水平

〈毛詩序〉有云：「在心爲志，發言爲詩。」即是內心所思所想者，稱爲「心志」；表露於言行者，則爲「詩」。「詩」非獨指《詩經》，還可延伸解釋成文章、文學，乃至於文化。人是理性的動物，能夠創造文化與文明，其中，書寫便肩負了文化的遞衍與傳承，閱讀就是相應於寫作的文化觀察。簡單來說，任何的文字表述都是有意義的符碼，它反映出某一族群、時空的特殊理念；若能超越時空而歷久不衰，就會升格爲「經典」，代表與彰顯某一文化的本質，或某一領域的基本精神。如王德威論經典的價值提到：

> 我們反而應該強調經典之所以能夠可長可久，正因爲其豐富的文本及語境每每成爲辯論、詮釋、批評的焦點，引起一代又一代的對話與反思。只有懷抱這樣對形式與情境的自覺，我們才能體認所謂經典，包括了文學典律的轉換，文化場域的變遷，政治信念、道德信條、審美技巧的取捨，還有更重要的，認識論上對知識和權力，眞理和虛構的持續思考辯難。⑤

一如中國傳統偏重「述而不作，以述代作」的寫作精神，歷朝各代不間斷的針對同一部經典進行注疏、注釋，在不同的歷史氣氛、空間環境中，與古人精神遙相呼應，形成文化，故文化正是一代代集體意識的眾志成城。也唯有透過書寫紀錄，才能將文化永久的流傳。而在全球化時代，知識、資訊藉由交通、傳媒迅速傳播，使不同文化之間有了更進一步的交流，因此，每個人都不自覺身處在所屬的文化圈中，肩負著傳遞文化的使命，擁有良好的表達、書寫能力，也將成爲與他人，乃至於國際互動的溝通橋樑。

---

⑤ 王德威：〈文學，經典，與現代公民意識〉，《中國時報》，2009年8月4日。

第三節　如何才能學好寫作

當剖析完前兩層問題後，最重要的是改善，眞正掌握寫作要領，學習賞析與評鑑文章的方法，以下先簡單提出幾點，實際方法將分散於後續專題中。

一、留心細節，掌握基礎形式

這是寫作之初，寫作者最容易忽視者，而常導致表意不清。像版面的安排：每段開頭低兩格，要用適宜閱讀者閱讀的筆來書寫，留意制式規範……等。

標點符號也是一大難題。常見的是，通篇逗號而不知句號使用原則；中西式標點符號的混用，如句號（。）寫成（.）、引號（「」、『』）寫成（“ ”、‘ ’）；在正式寫作中的自創符號，如「！？」，以上都宜避免。⑥

再者，遣詞用句、修辭應用看似基礎，卻是初學者倍感頭疼的。如：冗詞贅句易造成散逸文氣、結構混淆；過於浮誇的修辭，非但未能增進閱讀美感，還易弄巧成拙。⑦所以，基礎不代表簡單，想寫好文章就不能忽略這些細節，在後面的講次將會細說分明。

二、廣博閱讀，多儲備知識量

閱讀爲寫作的前提，不藉由閱讀充實自己內涵，又怎能寫出好的文章？尤其是非文學的寫作，便得從非文學的閱讀中，掌握知識內涵，而不是從文學中去找到非文學的知識。一般多強調多閱讀就能寫好作文，卻忽略讀什麼很重要，怎麼讀也很重要。讀什麼是儲備內涵，而怎麼讀則是閱讀方法。

首先，來看讀什麼。以論說文來說，章衣萍（1902-1946）認爲想要寫好論說文中的「議論文」，得「多看科學常識的書籍」，他鼓勵學生應多閱讀生物學常識、社會學、政治學、物理學、心理學、天

---

⑥ 有關標點符號的說明，詳見「附錄一　中文標點符號與常見的使用問題」。

⑦ 改善之道可參閱本書第二到第五講。

文學、地質學一類的科學常識的書籍，以增進知識的廣度。[8]而孫俍工（1849-1962）則說：

> 論說文純是屬於知的方面的一種文章，所以欲造成一個論說文的作者，最要的修養就是知識上的準備；因爲要有充分的知識，文章才能夠臻於內容完備，理由充足，條理明晰的境地，發表出來，才能感動人，才能收到效果。……多讀有益的書籍，如科學歷史論理等是供給我們以各種常識的參考和證據的，這都是使我們知識豐富的最要的途徑呵！……說明白一點，就是精細的思想和豐富的知識，是論說文作者的準備必要的兩個條件，萬不可忽略的。[9]

想要學好客觀論述的論說文，得著重知性的閱讀，譬如論說文舉例時，其例證必然得客觀普遍，用歷史事件、用時事議題、科學學理等爲證，都有助於釐清論點。倘用自身例，如：「我媽媽說……」「聽同學說……」、「我覺得……」經驗只侷限於個人，無法證明其爲客觀普遍，則效力不彰。但不表示這些經驗不重要，只是不適宜置於論說文，若放在一般記敘文、抒情文、描寫文，則無甚問題。

再有李家同教授強調大量閱讀的重要性時，也不獨偏重文學，而認爲應讓孩子閱讀六大類型讀物，分別是：經典名著、優質的論述文章、法官判決文跟偵探小說、知識性的文章、國際新聞、一般性的教科書文章。[10]透過各種不同的閱讀來鍛鍊各種能力，如：歷史文化、

---

⑧ 章衣萍：《作文講話》（北京：北京教育出版社，2014年3月），頁169-172。

⑨ 孫俍工：《論說文作法講義》（北京：北京教育出版社，2014年3月），頁4-5。

⑩ 李家同：《大量閱讀的重要性》（臺北：五南出版社，2016年5月），頁97-119。

想像力、邏輯力、客觀舉證的能力、說服力、世界觀等，如此一來，既能陶冶心靈，又能掌握知識與世界脈動。

其次，怎麼讀。配合寫作的需求，可將閱讀分成兩類：一是博覽型，一是目的型。「博覽型」即什麼都讀，非爲了某些目的之閱讀行爲者，博覽閱讀能幫助寫作者建立基礎知識，培養周遭生活的領悟力，無論報章雜誌，乃至於非書面性的生活體會、經驗，都是涉獵範疇。

二是「目的型」，即有所爲而爲的閱讀行爲。學習寫作之初，一定要能認識文體，經由模仿，訓練出「語感」，此閱讀法正是幫我們在限定範疇內，找尋有用的資源、材料。相較於博覽型的「博觀」，目的型就是「約取」，在有限時間、精力下，達成目標。但約取不是投機取巧，臨時背幾篇文章，考試照抄，這種取巧多半不成功，缺乏扎實根柢易牽強附會，畫虎類犬，刻鵠類鶩。

博覽型、目的型兩種閱讀不能或缺，前者提供廣泛的生活常識，後者培養寫作的專業力，但不能沒有區隔。或許我們曾有過這樣的經驗，閱讀了不少書，下筆成文卻無法有效運用，這是因爲沒有選擇性的博覽，雖開拓了視域，但不必然與想達成的目的產生連結。且寫作有各種文體的需求、規範，沒有注意到這些問題，又怎能寫出佳作？因此，學習不同的文體寫作，更要重視「目的型閱讀」，從閱讀他人作品中，留意其結構、文詞、構思，再詳加分析、實踐、檢討，並逐漸增加閱讀質量與反復練習書寫，如此一來，想寫出一篇好文章，指日可待。

三、洞悉體裁，理解文體要求

因爲寫作目的不同，表現方法亦異，若無分類歸體，便不能切合情理以表意。如中國古代的文體可以細分到二百多種，再加上現行文體也超過數百種，自然需要層級類分。不過，學術界無統一規範，此處避免紛雜，僅以最簡單的大文體、小文體權作區分。其中大文體就是最基本的類分，一般分爲記敘文、抒情文、論說文、應用文、描寫文；而大文體之下有可分支出各種小文體。略以下表簡單說明：

大文體	小文體[11]	
記敘文	消息、通訊、報告文學、特寫、速寫、傳記、回憶錄、四史（家史、廠史、鄉史、村史）、方誌、訪問記、參觀記、遊記、敘事散文……	
抒情文	抒情散文、抒情詩……	
論說文	議論文	1. 以方式分：立論文、駁論文…… 2. 以對象分：政論、思想評論、文藝評論、學術論文、國際評論、書評…… 3. 以作者分：社論、編輯部文章、評論員文章、特約評論員文章、重要講話稿、記者述評、編者按、讀者評論…… 4. 以篇幅分：短論、短評、小評論、小言論、專論、論文…… 5. 以應用場合分：序、跋、開幕詞、演講稿…… 6. 其他：雜文、雜談
	說明文	1. 寫法、風格分：平實樸素的一般說明文、有用故事體、寓言體的說明文、有用對話問答式寫的說明文…… 2. 從應用角度分：有工農業生產應用說明文、科技國防說明文、文教衛生體育運動說明文、日常生活應用說明文…… 3. 被說明事物分：實體事物說明文、抽象事理說明文（憲法、規章制度、計畫公約）……
應用文	1. 一般應用文：條據、書信、電報、啓事、聲明、公約、合同、廣告、筆記、日記、實驗報告、會議紀錄、計畫、總結、調查報告…… 2. 公文：（略）	
描寫文	小說、戲劇文學、電影文學……	

[11] 以下分類酌參朱艷英主編：《文章寫作學——文體理論知識部分》（高雄：麗文文化公司，1994年11月），依次見頁49、241、116-117、192、384-385、308。

「大文體」是最廣泛的劃分，卻不是最好的劃分。又我們時常聽到某篇文章是「A文體兼B文體」或「形式上是A文體，內容是B文體。」表明了文體間有很多模糊地帶，但也不可以亂變，每種體裁都有基本寫作規範，唯規範非牢不可破，而會隨著時代需求浮動變化。

大文體的疆界會模糊，小文體則是會隨時代而增生或死亡，但新文體的被認可，不是倉促可成，需有大量的創作、被認同，才有機會晉升爲固定文體。反之，文體只要遠離時代需求，就會走入歷史。

對寫作者而言，則要先洞悉文體需求，用精準的語言與他人溝通，才能確切掌握與他人對話的契機。

四、有好奇心，增進感悟能力

欲寫好文章，好奇心是必備條件，好奇心能使我們不斷的探索、體會宇宙生命的深廣度，也能增進學問知識，更能提供源源不絕的寫作素材。

想要有好奇心的前提是應摒除理所當然的態度，這是阻斷好奇心的主凶。試想，生活中有什麼事物能讓自己感到驚奇、喜悅，從而萌生想深入追究，願意一再挖掘當中樂趣者，這就是引發好奇心的來源，有些人對什麼都好奇，但也有些人專注於某一細小事物上。

好奇心雖然會讓人接收到許多資訊，但若只是好奇而無法融入專業知能，以成爲系統性的知識，亦無助於寫作。這好比生活中有許多常識，但常識不能等同於知識是一樣的道理，唯有連結專業知能，才能有效發揮好奇心的價值。

回到寫作來看，好奇心該如何培養？借孔子的話來說明，《論語‧陽貨》中云：「子曰：『《詩》可以興，可以觀，可以群，可以怨。邇之事父，遠之事君。多識於鳥獸草木之名。』」雖指的是《詩經》，放諸寫作、創作的好奇心也莫過於此，可分成三點來看。

首先，「興」即是聯想，「觀」則是觀察，「群」則是樂群，「怨」則是抒情，這四者是好奇心的基本條件。其次，「事父事君」乃是對道德教化的好奇，亦能展現在教化、是非評論的文章寫作中。

復次，「鳥獸草木之名」則是認識力的展現，好奇心要架構於外在事物認識上，才能完整表達。以上都是好奇心的培養方法，生活中的好奇心可以沒有拘束，天馬行空，可是當有意識的寫作時，不免要依據寫作目的而取捨、剪裁，個人專業能力的認知，便是取捨簡裁之標準。

五、培養讀者，認清閱讀對象

試想寫作前，我們是否有認眞思考過閱讀對象是誰？讀者對寫作者的期待是什麼？讀者渴望看到哪些內容，期待獲得哪些知識或情感？寫作固然是自己的事，不應全然受制於讀者，失去了自己的個性；但反過來想，寫作若非只寫給自己看，而期待獲得他人共鳴，則是否應認清閱讀對象是誰，並回應讀者的訴求？這不是刻意迎合，寫作仍應貴乎「誠」，坦然面對自己的情感、想法再鋪敘成文，流於膚淺虛假的情感撥弄，過度的文句修飾，都很容易被識破。

六、反復練習，從平日中做起

寫作作爲一種溝通技能、表達的工具，最後一步學習之路，唯有反復練習。但練習不該是盲目、漫無目標的，若不能理解寫作前應具備的基本概念，如：文體概念、語句的使用……，多寫亦難有助於提升寫作能力。

相對的，倘能掌握基本的寫作概念，再配合反復練習、澈底反省與更正，寫作者便能敏銳感受到寫作過程中所產生的各種變化，此後的反復練習便是有意義的練習，亦能找到解決問題的辦法。

最後，要提出一點商榷，即過度強調學習興趣造成的影響。許多人強調：「寫作需要興趣的培養」，這點我同意。又說：「不應以道德或教條式的束縛來限制寫作，這樣會扼殺了學習興趣。」則不能便宜視之，寫作不是只有情感抒發，當面對邏輯性與理性兼備的寫作，又或者具有是非、善惡、優劣之判斷性的文章，基本的結構概念、道德辨析能力便不能缺少。教學過程中，常遇到學習者因爲不喜歡便消極應對，但喜歡與否實不應與興趣掛搭，成爲「有興趣才學，沒興趣就不學」之藉口；教學者也不能以此為教學理念，全依照學習者的興趣走。

反觀許多被視為制式八股的論說文題目，如：「論情與法」，「論公私之辨」，「論善與惡」……等，都是追究人生、人與人最根本性、原則性的問題，怎會不重要？而被視為制式八股，問題不是來自於題目，而是在偏求興趣、創意教學之餘，能否引領學習者更深層地提煉思考的深、廣度。譬如：將原則性的概念落實在實際的生活例證時，是否會如原則般的對立不二，像是有情而無法？大公而無私？或只有善而無惡？還是有可能是過多與缺乏，偏向與否的問題。

未可否認，寫作者的年齡與心智成熟度也是重要關鍵。年紀輕的寫作者因人生閱歷不豐，的確不宜太早面對道德性過高的題目，需透過更多的學習動機使之愛上寫作；但基本條件具備後，就該追求更專業的寫作訓練，畢竟現實環境不必然得與個人的興趣相銜，而是個人應該具備應對社會需求的寫作能力。

本講重點回顧

- 文學創作不等於非文學寫作，前者帶有文藝性質，具有個人原創精神文學性質的寫作，目的是表達個人情感，展現寫作者的主觀情意。後者是語文表達的形式，即「聽、說、讀、寫」之一環。
- 學習書寫有六大迷思，分別是：懶於書寫、天分問題、缺乏動機、迫於限制、內容空疏、不諳文體。當生活必須面對寫作時，則這六大迷思都不能構成不愛寫作或不善於寫作的理由。
- 爲何要學習寫作的四個理由：一是不可取代的生活書寫，二是知識上的追求與增長，三是作爲職場的有利條件，四是提升文化與道德水平。
- 如何學好寫作的六大方法：一是留心細節，掌握基礎形式。二是廣博閱讀，多儲備知識量。三是洞悉體裁，理解文體要求。四是有好奇心，增進感悟能力。五是培養讀者，認清閱讀對象。六是反復練習，從平日中做起。

第二講

刪修冗詞贅句的方法

教學目標

1. 學習刪除冗詞贅句的方法。
2. 知曉造成冗詞贅句的成因。
3. 自學刪除冗詞贅句的方法。
4. 刪修過程體悟書寫的語感。

摘要

回顧既往學習寫作時，是否有收到過被批閱得滿江紅作文卷的經驗？但我們有沒有對症下藥理解問題癥結，懂得如何修正？還是兩手一攤，把問題丟還回去，至今仍不知問題所在？本講整理出了十四條刪修冗詞贅句的原則提供教學與自學的參考。

「引言」將思考口語、書面語的異同，以及形成冗詞贅句的理由，並著重「使用文句失當」所造成的冗贅問題與更正，後續分成三節，說明如下。

第一節，虛詞類的問題與修正。內含：感嘆詞與語氣詞、動態助詞「了」、連接詞、「的」，共四小類。

第二節，實詞類的問題與修正。內含：代名詞、關鍵字詞、同義語詞的連用、數詞「一」，共四小類。

第三節，語句類的問題與修正。內含：不當的激勵文句、句意重複的文句、疑問句型的文句、不當拆解的語詞、誤入的常用口語、顛倒的文法句式，共六小類。

引言

語言文字的應用可粗分為二類：一類是口語的；一類是書面的。前者係一般口語表達的無形文字；後者是書寫的有形紀錄。二者有極大差異。以口語來說，一般講話過程中，為使表達更為順暢、情感更形豐富，不必然得完全按照書面文法，但若毫不刪修將口語表達寫成書面文句，便會形成冗贅。這可以從一個簡單的實驗得到證明，當我們錄下自己某一段數分鐘的說話過程，再以逐字稿一字不漏的書寫下來，便可發現中間夾雜了很多不必要的詞彙，難以卒讀。

形成書面表達的冗贅有兩種情況：一是口語不經潤飾，直接成為書面文句；一是某些書寫慣性下的冗詞贅句。儘管形成的成因不同，但經常伴隨發生，這可從學習寫作的歷程中找到答案。

從學習歷程來看，最早在國小學習寫作的階段，學習者因為詞彙量、表達方式有限，能把口語轉化成文句便已足夠。隨著年齡增長，學習者詞彙量增多，表達能力愈趨完整，就需進一步將零散片段或口語文句，潤飾成有意義且易於閱讀理解的書面文句。但教學過程中，經常發現學習者的寫作教育並不連貫，有的停留在國小時期，有的是國中或高中，停留在愈早期寫作階段的學習者，愈容易寫出不假潤飾過的口語，冗詞贅句也愈多。

再從一篇文章來看，造成冗詞贅句不外乎有三種理由：一是篇章布局不明，二是內容構思不清，三是使用文句失當。

其一，「篇章布局不明」。此屬文章的結構缺陷，即因不清楚寫作章法，或結構比重不均所致。比如：缺乏敘述主線的流水帳的敘寫。

其二，「內容構思不清」。構思本是文章的靈魂，倘寫作前未能清楚寫作目的，或材料掌握不確實，或有了寫作材料卻未妥善安排，文章內容自然混亂。

以上兩層問題常一起出現，當篇章布局不明、內容構思不清時，往往是想到哪兒便寫到哪兒，更不管前後文是否一致、有無邏輯的衝突矛盾、時空安排是否合理。若欲克服這兩個問題，則必須經由篇章布局、內容構思的強化，此待後述。

其三，「使用文句失當」。這是本講的核心，以下將分成「虛詞類的問題與修正」、「實詞類的問題與修正」、「文句類的問題與修正」三大類十四小類說明。

但刪修冗詞贅句只是局部性質的修正；第一、二點的篇章布局、內容構思則是整體的問題。光靠刪修冗詞贅句卻缺乏合理的篇章布局、精細的構思，亦不能成就出一篇好文章，最終必須合併學習，以澈底解決問題。

以下透過「論知識分子的時代使命」一題，蒐集待修正的文句，討論這些弊病成因、解決方法。由於一段話可能兼及多種問題，修改過程中，同時提示其他錯誤，並解說修改方式與理由。

第一節　虛詞類的問題與修正

一、感嘆詞與語氣詞

「感嘆詞」是一獨立單位，主要出現在句首，如：唉、哼、嘿、喂、哈、呵、哇、嗯⋯⋯。而「語氣詞」則出現於句末，但並不獨立，而是伴隨語句出現，包括疑問詞在內，如：嗎、呢、吧、呦、呀、耶⋯⋯。另有通用者，如：喔、啊、啦⋯⋯等。這類詞語主要功能是各種情緒的表達，過度使用或錯用，就會造成表錯情的窘況。

例如：「吧」表請求同意，像是「一起去吃麵吧！」「嗎」表疑問，如「一起去吃飯好嗎？」「呢」可出現在直述句或疑問句，而期待聽者的回應，但會有軟化語氣的作用，如「那家餐廳的水餃可好吃呢！」「他會不會喜歡我呢？」

使用時要視情況而定，如記敘文、抒情文、描寫文需情緒表達，用之無妨；講求客觀論理、語氣堅定的論說文，要避免或少用。再者，情緒表達也得依據角色而有不同安排，若欲表現剛強，講起話來，呢來呢去；又如溫柔婉約的形象，講話卻硬梆梆不帶任何情感，就顛倒錯亂了。總之，面對這兩種語詞，宜思索在文句中的意義，舉例如下：

待修正的文句	修正結果	說明
古有明訓：「樹欲靜而風不止，子欲養而親不待。」便是這個道理吧！我們都會長大，都懂事了，為什麼不能從現在做起呢？	古有明訓：「樹欲靜而風不止，子欲養而親不待。」便是這個道理。我們都長大了，都懂事了，為何不能從現在做起？	句尾的語氣詞會使文氣轉弱，「吧」、「呢」兼有請求回應的意味，若置於客觀論述型的文章，易降低論述時的肯定性，可視前後文意適時省略。 其次，此處欲能揚升氣勢，故以

待修正的文句	修正結果	說明
		「為何」取代「為什麼」，並將「呢」省略。待修正的文句中尚有請求回應之意；修正結果有必然執行的要求。 何時該用「為什麼」搭配語氣詞，或以「為何」、「何以」、「何謂」等兼具文言性質的疑問詞替代，並省略語氣詞？可自行依敘述時的情態作調整。
唉！現代人都不懂得飲水思源的道理，尤其身為知識分子還忘恩負義，就更顯得卑劣了啊！	現代人都不懂得飲水思源的道理，尤其身為知識分子還忘恩負義，就更顯得卑劣。	若為論說文，宜儘量避免使用感嘆詞，因論說文寫作目的是理性論說，若為記敘文、抒情文，可斟酌採用。 再者，若為散文、小說裡的對話，則感嘆詞、語氣詞可表達人物的情緒，可依不同情態使用。

二、動態助詞「了」

「了」是動態助詞，表示動作行為的發生和狀態的出現，用在動詞、形容詞之後，主要擺放的位置有兩處：動詞詞尾、文句句末，擺放位置不同，意義也不同。

首先，作爲動詞詞尾的「了」有三種意涵：一、表「過去」，如：昨天我去了百貨公司一趟。二、表「持續」，如：過了三小時，窗外的雨還沒停。三、表「強調」，如：天冷喝了杯熱咖啡再走。

其次，作爲句末語氣助詞的「了」也有三種意涵：一是表「狀態改變」，如：窗外的綠葉都枯黃了。二是表「完成」，如：她已經吃飽飯了。三在狀態改變或表示完成意義下，兼有「語氣軟化」的功能，如：「好了！好了啦！你不要再亂發脾氣了。」這既表示狀態改變，但又有軟化語氣之效。若改成「喂！你不要再亂發脾氣。」相比之下，後者語氣生硬，表達出的情感大不相同。又如：「來吃飯了」便比「來吃飯」更爲柔和。

其三，兩者連用，表示事件目前的進展，如：我已經買了三件牛仔褲了。

由於「了」表達的是動作行爲「完成」之時貌，表達某人當下處於某種狀態。因此，「了」較少出現在以事、物爲主的文體，譬如：說明文、議論文、新聞稿……等。除非寫作過程中需要表達動作，如使用記敘、描述時，才會用到「了」。又或者如「除了……」、「成了……」等少數詞彙以外，但這些詞彙亦可刪修，如：「除了……」改成「除……」。「成了」則可根據上下文意，改成：形成、造成、導致、引起、變成、成爲。

相對的，「了」若用於一般記敘、抒情文體，或兒童文學，能使文意輕柔，增強情韻，以下舉例與解說，最後設計了一小段宜於兒童閱讀的文句，補充說明：

待修正的文句	修正結果	說明
舉例來說，因爲電腦普及了，大家慢慢沒有了書寫的習慣，取而代之的是鍵盤文化，而火	舉例來說，因爲電腦普及，大家慢慢沒有書寫的習慣，取而代之的是鍵盤文化，火星文便是當下	原文使用五次「了」，使文章語氣趨弱，可作刪修。 修正結果僅留下文中作爲動詞詞尾的

待修正的文句	修正結果	說明
星文便是當下的產物。人們漸漸忘記了正確的遣詞用句，這後果就成了變相的文盲。也因如此，隨便的態度就跟著產生了。	產物。人們漸漸忘記正確的遣詞用句，就成了變相的文盲，也因如此，隨便的態度就隨之而生。 ※ 其他的問題：「的」	「成了」，其餘省略。甚至，「就成了變相文盲」一句，也可改爲「變成變相的文盲。」 再者，作爲形容詞尾、副詞詞尾的「的」亦可刪修。
現在是一個高科技的時代了，許多知識得要提前學習，以前父母高中所學的內容，我們可能在國中就學了，這是爲什麼呢？因爲現在的知識越來越豐富，如果我們不進一步去深入，我們就會退步了。	現在進入高科技的時代，知識更新速度飛快，以前父母高中所學的知識，我們可能國中就已學過，因爲現在知識越來越多元，如果不進一步深入探究，就會退步。 ※其他的問題： 1. 人稱代名詞：我們 2.「的」	原文使用三次「了」，文氣稍弱，修正後全數刪除，使文氣更加緊實。 其次，將多餘的「一個」、「我們」、「的」刪修，使文句簡練。 最後，略調整部分文句內容，使語義更明確一些。
太陽公公從東邊的天空走出來，又是新一天的開始。我穿好新買的小洋裝，吃了媽媽的愛心早餐後，正準備要搭爸爸的車上學去。	太陽公公從東邊的天空走出來了，又是新的一天開始了。我穿上了新買的小洋裝，吃了媽媽的愛心早餐後，正準備要搭爸爸的車上學去了。	原文太生硬，修改過後的文句舒緩許多，適合兒童閱讀。「了」的使用要注意創作目的，過與不及都難以清楚表意。

三、連接詞

連接詞是用來連接詞語、短語、句子、段落，表示被連接的語言單位之間的關係，這裡主要談的是連接兩個或兩個以上子句的複句結構的連接詞的省略方法。中文文法的複句種類很多，根據許世瑛（1910-1972）的分析共有十八種。[①]

先就口語表達而言，口語多以複句方式呈現，爲了順利連接兩句話之間的關係，自然會頻繁使用連接詞，最常見如：「因爲……，所以……，然後……」；另有人常會使用「然後……然後……」、「……就……就……」作連接，雖不合乎文法，其目的是讓話語能順利表達所使然。

寫作過程中，連接詞造成的問題有兩種：一是能省卻不會省。某些複句類型中的連接詞可以省略，以「因果複句」爲例，如：「『因爲』今天下雨，『所以』我帶傘來上學。」若改成「『因爲』今天下雨，我帶傘來上學。」或「今天下雨，『所以』我帶傘來上學」不也可通嗎？尤有甚者，「今天下雨，我帶傘來上學。」直接刪除連接詞也是可以的，因爲根據文意推斷，因果關係隱然含藏在其中。但要注意，過度刪修連接詞，可能使句子之間的關係不明，反不利於表意；反之，若毫不刪省，將口語所有的連接詞一概寫進文章之中，則會造成冗贅。

二是不會用連接詞。有些人文章的連接詞使用得很少，似是無冗贅，實際是不會使用連接詞，這可根據上下文意探知。謹愼使用者，連接詞不多但仍文意暢然；不會使用者，文句間轉承不夠順暢，等而次之者，只會使用最基本的句構來組句。

由於我們不是文法學家，不需很嚴肅的分析哪些複句結構下的連接詞是可刪或不可刪，只消知道哪些連接詞具備可刪的特性，當書寫到相關複句、連接詞時，自行斟酌在上下文意不被改變的前提下，決

① 詳可參見許世瑛：《中國文法講話》（臺北：開明書店，1996年10月），頁191-277。

定刪修與否。以下根據許世瑛先生的分析說明，歸納出文言、白話中常見且可刪的連接詞如前表並略加說明[②]，再舉例說明如後表。

複句類型	類型說明	可省略的連接詞
聯合關係	最輕鬆的關係，兩個以上的子句以平等的關係連結在一起，即爲聯合關係複句，通常不用關係詞作連接。	而（文言、白話）、亦（文言、白話）、也（白話）
平行關係	與聯合關係相近，句式整齊爲平行關係，句式不整齊則是聯合關係	白話不加連接詞。而（文言）
補充關係	上下兩句意思是相互補充的複句。	白話不加連接詞。而（文言）
對待關係	以一正一反兩句話所合成的複句。	白話不加連接詞。而（文言）
轉折關係	1. 指上下兩句所敘述的兩事不諧和，或兩小句的句意相背。 2. 多半是指甲事在我們心中引起一種預期的結果，可是乙事卻軼出了預期的結果。	1. 而（文言）、然（文言）、然而（白話）。 2. 白話常用表達轉折的限制詞：可、卻、倒、反、偏。 3. 文言常用表達轉折的限制詞：乃、而乃、顧、轉、反
比較關係	比較二者間異同的關係，又可分成三類：一是比較事物的類同；二是比較兩件事物的高下；三是比較兩件事情的利害得失。	1. 比較兩件事物高下：還是（白話） 2. 比較兩件事情的利害得失：與其……不如【莫若、莫如】……（文言、白話，與其可省略。）

② 詳可參見許世瑛：《中國文法講話》，頁191-277。

複句類型	類型說明	可省略的連接詞
因果關係	上一句爲原因小句，下一句爲後果小句，用連接詞表示二者關係者。	1. 原因小句：因爲（白話）、爲了（白話）、以（文言）、爲（文言） 2. 後果小句：所以（白話）、因此（文言、白話）、因而（文言、白話）、故（文言）、則（文言）、是故（文言）、以故（文言）、是以（文言）、以此（文言）、以是（文言）、由是（文言） 3. 除了可省原因（後果）小句，保留後果（原因）小句，兩個小句也可以都不加連接詞作連接。
目的關係	上一句所代表的事情，是爲了下一句所代表的事情而做的。因此，上一句和下一句的關係不是因果，而是目的，即第二小句是第一小句的目的。	目的小句：以（文言）
假設關係	第一小句提出一個假設，第二小句是說明假設的後果。後者是否能成爲事實，要靠前者爲條件。	1. 前面的假設小句「不能省」 2. 目的小句：就（白話）、則（文言）、斯（文言）
條件關係	先提出一個具體的條件，然後根據這個條件推出後果。	1. 前面的條件小句除了「任憑」、「無論」、「不論」等，其他不用連接詞。

複句類型	類型說明	可省略的連接詞
		2. 後果小句可省：「……，就……」（白話）、「……，便……」（白話）、「……，則……」（文言）、「……，即……」（文言）、「……，斯……」（文言）
推論關係	第一小句是前提，第二小句是結論。	1. 前提小句以不省爲常態，偶可省略：既（文言、白話）、既然（文言、白話） 2. 後果小句可以不加：就（白話）、則（白話、文言）、即（文言）、乃（文言）
擒縱關係複句中的「縱予關係」	1. 又可稱爲讓步句，分成容認關係、縱予關係。 2. 容認關係是先認甲事爲事實，接下去說乙事，不因甲事而不成立。其承認者爲實在的事實。 3. 縱予關係則是承認者爲假設的事實。	1. 前提小句：縱然（白話）、縱使（白話）、縱（文言）、雖（文言，當「縱然」、「就是」使用）、即（文言）、即令（文言）、假（文言）、若（文言）、就（文言、白話）、就算（白話）、就讓（白話）、即使（白話）、即便（白話） 2. 後果小句：而（文言）、而亦（文言）、亦（文言）、也（白話）

如非進行文法研究，一般人很難悉數記得以上各種可刪省與否的連接關係，則不妨記下一些常見且可省略的連接詞，如：而、因爲、爲、以、所以、故、因而、也、亦、則……等，書寫過程進行刪省文

句時，特別留心有否過度使用某連接詞造成冗贅，或刪省後亦無改於文意，便可自行決定是否要刪修。

待修正的文句	修正結果	說明
像是以前，有很多的事，也是因爲有知識的傳承，所以，現在的我們才會知道一些以前很特別的事，一些以前的歷史。但是 如果我們不繼續傳承，未來的人，又怎能知道我們的事呢？所以，因爲知識分子們所學較多，就該將我們的歷史，將我們所學的東西，傳給後代，把我們的文化流傳下去。	傳統智慧與做人處事之理，透過知識的傳承，現在的我們才會知道過往歷史。如果未能延續下去，未來的人又怎能將此美德與文化傳統接續下去？知識分子們所學較多，就該兼負起責任，將歷史及所學的專業傳給後代，將文化流傳於後世。 ※ 其他的問題： 1. 重複的字詞：一些以前、知識分子、知識 2. 人稱代名詞：我們 3. 語氣詞：呢 4. 常用口語：像是以前	原文表意不盡清楚，除了冗詞贅句外，何謂「像是以前，有很多的事」，「一些以前很特別的事」，「一些以前的歷史」？ 對照修改結果，將這些不確定的內容設定在「傳統智慧與做人處事之理」。其次，多餘的連接詞悉數刪除，僅留下一個「如果」。 最後，將需留下卻相同意義者，以不同詞彙替代，如：「傳承」、「延續」、「接續」、「傳給」。
因爲進入了全球化的時代，所以現代人都強調要注重效率、快速。而每天接收到的大量資訊，迫使我們這些現代的知識分子不	進入全球化的時代，現代人都強調注重效率、快速，每天接收到的大量資訊，迫使現代知識分子不得不大量地吸收與消化。社會競爭愈來愈	原文共有五個連接詞，尤其連用二個「而」，弱化了文氣，則悉數汰除。 文章中的「但是」可刪可不刪，餘者皆可刪省。

待修正的文句	修正結果	說明
得不大量地吸收與消化。而社會的競爭是愈來愈激烈，但是我們大家的時間卻都是一樣的，而如何能充分利用時間，就成了我們應注意的問題了。	激烈，（但是）大家的時間都一樣，如何能充分利用時間是應該注意的問題。 ※ 其他的問題： 1. 人稱代名詞：我們 2.「的」 3.「了」	另，「我們這些現代的知識分子」一句中，將「我們」省略，恐有未能符合原意的疑慮。但修改後保留「大家」，已能將涵蓋其中。

四、「的」

「的」（ㄉㄜ˙／de）常用用法有三，一是作爲介詞，表示所有格，如：我的書、姊姊的雨傘。二是形容詞詞尾，如：新的書包、舊的拖鞋。三是副詞語尾，如慢慢的走。部分情況下，形容詞詞尾、副詞詞尾之「的」可以省略，譬如：「新的書包」可寫作「新書包」；「慢慢的走」可改成「慢慢走」。

口語中經常使用「的」，如不刪裁而寫入文章，易使文氣散失。由於我們非文法學家，不需太字斟句酌了解何時該省或不該省略，寫作時多留心，完稿後自行刪修便可。

待修正的文句	修正結果	說明
首先，身爲知識分子的每一個人們都必須要有個認知，知識不是獨有的，更是要改善眼前的現實世界。運用淵博的知識來巧妙化解每一道題目。社會不是因爲自己而存在，但自	首先，知識分子都必須要有個認知，擁有知識並非特權，而是要藉此力量改善眼前的現實世界，須知社會不是因爲自己而存在，但自己卻是爲了社會而存在。進入了知識專業分工	原文短短一段話有十一次「的」，出現頻率實在高，確實是口語遺留。同時，作者欲用「排比」敘述知識分子面對的各種問題，如篇幅不長，應儘量簡化，否則有擴充篇幅之嫌。

待修正的文句	修正結果	說明
己卻是爲了社會而存在。可能面對經濟的問題，可能面對的科技問題，也可能面對政治的問題。而身爲各方面的專業的知識分子，應適時的挺身而出來對問題下對的藥。	的時代，身爲各領域的知識分子，皆應適時挺身而出，對症下藥。 ※ 其他的問題： 1. 重複的字詞：身爲、可能面對、知識 2. 不當拆解的語詞：對問題下對的藥	修正後，僅留下二個必要的「的」，一再出現的詞彙也儘量刪修。 而「對問題下對的藥」爲成語「對症下藥」的拆解，頗是拗口，亦作更正。 最後，原文略顯表意未明，僅能依原意略作修正。
平時我們不僅要研讀專業科目的書籍，也要多閱讀有人文氣息的書刊，品讀那些典範人物的成功祕訣，探討他們的人品與做人處事的態度。很多偉大的人，不僅他們的成就值得我們的效仿，還有他們寬廣的胸襟，高尚的氣質，都是值得我們學習的。	平時我們不僅要研讀專業書籍，也要多閱讀具人文氣息的書刊，品讀那些典範人物的成功祕訣，探討其人品與做人處事的態度。很多成功人士，不僅成就值得效仿，還有寬廣胸襟，高尚氣質，都很值得學習。 ※ 其他的問題： 1. 人稱代名詞：他們、我們 2. 常用口語：偉大的人	這裡一樣出現十一次「的」，刪改後留下三個。 此外，原文採用許多人稱代名詞辨別雙方關係，顯得過於冗贅，調整後，以「其」更替他們，並僅留下一個「我們」。

第二節　實詞類的問題與修正

一、代名詞

代名詞可分三種，分別是人稱代名詞、指示代名詞（指稱詞）、疑問代名詞，如下所列：

（一）人稱代名詞

人稱代名詞	文言詞彙	白話詞彙
第一人稱	吾、予、余、我	我
第二人稱	汝（女）、而、爾、若、乃	你
第三人稱	之、其、彼、厥、伊、其	他
個人謙詞	僕、愚、不才	我、個人
人稱複數	（第一、二、三人稱）加上：輩、屬、儕、族、徒	我們、你們、他們

（二）指示代名詞（指稱詞）

指示代名詞	文言詞彙	白話詞彙
近指代名詞	是、此、斯、茲、之、然、夫、其	這個、這裡、這樣
遠指代名詞	彼、夫、其、之	那、那個
旁指代名詞	他	別的、其他的
虛指代名詞	或、某	
無定指代名詞	莫、無	沒有誰、沒有哪一樣東西

（三）疑問代名詞

疑問代名詞	文言詞彙	白話詞彙
代人	誰、孰	誰
代事物	胡、奚、曷、何（害）、惡	那裡（表事物）、什麼、甚麼、怎麼
代處所	安、焉	那裡（表處所）

首先，人稱代名詞是常見的口語用詞，當欲表明個人意見或所有格「我的……」時，第一人稱的「我」便時常出現，依此類推，第二、三人稱連續出現亦多見。寫作時，人稱代名詞替代名詞有兼具簡化的功能，可是，僅是把名詞全數替換成人稱代名詞，非特無簡化，若文章角色眾多，恐還有錯亂之虞。所以，需注意同篇文章中的人稱代名詞應一致，不宜任意更替，如：第一人稱若用「我」舉代，就不能任意換成「吾」、「予」、「余」等，否則很難釐清代表的是同一人或多人。

而在初階寫作階段，爲了讓學習者學會說清楚講明白，教學者會要求每句話應符合「主詞＋動詞＋受詞」的基本句型，譬如：「我跟爸媽吃完午餐後，就去公園玩了。」到底是誰去了公園？是自己？還是自己跟爸媽？教學者會要求註明是誰去公園玩，而修改成以下的文句：「『我』跟爸媽吃完午餐後，『我們』一起去公園玩。」但中文文法本有可省略主詞的特性，當第一句話已標明了主詞，後面句子的主詞等同於前句，便可省略，因此，上例中原來的文法並無錯誤，只是學習階段不同，側重點亦異。寫作學習到一定階段後，就該學習主詞省略，但遺憾的是，輟斷的寫作教學讓部分學習者停留在初階階段，句句都在強調主詞，如：「我……，我又……，我再……，然後我……」，便形成冗贅。

其次，用以指示、區別人或事物的詞「指示代名詞（指稱詞）」，爲了要定指（definite）某事物，而常生冗贅。尤其是

「這」、「此」（this）與「那」（that）。一旦需連續定指時，指示代名詞就易重出了，不僅多餘，一再重複使用還形成句式的僵化，降低了文章的可讀性，故可視文意省略，或藉由連接詞相繫，以解決問題。

不妨檢視一下，若寫作經常出現連續定指，如：「這……，這也是，……那……，那是……」亦可能是停留在初階寫作階段使然。最早學習造句或寫作時，便是從「這是……」、「那是……」開始，如同學習英文也是從「This is a ……」或「That is a……」爲端。因此，稍微改變構句形式，將使文章表達更加靈活生動。

最後，「疑問代名詞」較少有冗贅的問題，但在白話文中，疑問代名詞往往會與語氣詞搭配，如：呢、嗎、吧……而可形成不同的語氣結果，但何時該轉換，需配合前後文意而自行斷定如何使用。但必須注意使用語氣詞的疑問句往往有軟化、弱化氣勢的效果，誦讀時尤其明顯。③舉例如下：

待修正的文句	修正結果	說明
維護社會公義，這是現代知識分子的應盡的責任，這也是我們應盡的義務。在這個高知識化的時代，國家盡全力栽培我們，付出許多社會成本，我們都應銘記在心，等有能力時，	維護社會公義，這是現代知識分子的責任與義務。在高知識化的時代，國家盡全力栽培我們，付出許多社會成本，我們都應銘記在心，等有能力時，貢獻己長，還諸於國家、社會。	原文中，正好出現兩種代名詞的重複： 1.「我們」（4次） 2.「這（也）是」（2次） 3.「這個」（2次） 修正過後，結果是：

③ 這可與本講第一節的「虛詞類的問題與修正」內的「一、感嘆詞與語氣詞」小點相互參看，以下舉例從略。

待修正的文句	修正結果	說明
貢獻己長，還諸於這個屬於我們的國家、社會。		1.「我們」（2次） 2.「這是」（1次） 3.「這個」（0次） 原文第二個「這是」，省略後以「與」相銜。而前述中，指稱「我們的」社會、國家之意圖相當明顯，故將「這個」全數刪除。
但對於現在的我們來說，我認爲「努力充實自我」是現代知識分子的時代使命，不論是現代文學、科學的訓練，或者是人文藝術的薰陶，都是不可或缺的。	「努力充實自我」是現代知識分子的時代使命，不論是現代文學、科學訓練，或者是人文藝術薰陶，都不可或缺。 ※ 其他的問題：「的」	前句話省略無害於文意，故刪除。至於「我認爲」一詞，要看使用時機，面對客觀性的論說文，省略後更能凸顯客觀性，否則僅是一己之見。除非刻意表明是自己創見，或要堅定己見，但用無妨。

二、關鍵字詞

「關鍵字詞」常作爲文章的主詞，一再使用實無可避免，但需注意是否使用過量，宜適度刪裁。一篇結構層次分明的文章，除了有貫穿全文的中心關鍵字詞以外，每個結構層次或段落還會有各自的關鍵字詞；以論說文來說，除了中心論點，還會有不同的分論點。簡言之，一篇好文章的關鍵字詞會根據不同的需求，按部就班擺放在不同的位置，不會前後反復糾纏不清。舉例說明如下：

待修正的文句	修正結果	說明
社會隨著時代而進步，進步的關鍵點在於突破現狀，站在可見的層面摸索出創新點。知識分子的產生與養成來自於社會的培養。以飲水思源的角度看來，知識分子所擁握的知識應當用來回饋社會。再以人力的角度看來，知識應一傳十，十傳百，集結知識會爲社會進步帶來更大的動力。所以爲了社會的進步，知識分子必須吐露出知識並播種到下一代的新芽裡。	社會隨著時代而進步，關鍵點在於突破現狀，站在可見的層面摸索出創新點。知識分子的產生與養成來自於社會的培養。以飲水思源的角度看來，其也應以知識回饋社會。再以人力觀點視之，知識應一傳十，十傳百，爲社會進步帶來更大的動力。所以，他們應將所學傳承於下一代，以提升競爭力。	原文中，出現相當多重複的詞彙，以多寡排序如下： 1.「社會」（5次） 2.「知識」（4次） 3.「進步」、「知識分子」（3次） 4.「……的角度看來」（2次） 而修正或以同義詞更替的結果如下： 1.「社會」（3次） 2.「知識」（2次） 3.「進步」、「知識分子」（1次） 4.「……的角度看來」（1次，另一個以同意詞取代） 最後一句運用「轉化」修飾，較不適宜放在客觀說理的題目與文體中，故依原意修正。
知識分子的最主要的使命就是把知識傳給下一代，把知識和正確的概念傳給下一代是使社會更加進步。所有的事有著特定學	知識分子最主要的使命就是把知識和正確的概念傳給下一代，使社會更加進步。事事皆學問，不僅於書本而已，……教育的普	原文中，出現相當多重複的詞彙，以多寡排序如下： 1.「知識」（5次） 2.「知識分子」（3次） 3.「下一代」（2次）

待修正的文句	修正結果	說明
問，不僅於書本上的知識，……教育使知識普及而提升知識水準，知識分子會把他們的觀念傳遞下去，而國家的進步，背後一定有知識分子的導向，把國家的發展導向更進步的地步。	及，使知識水準提升，知識分子得以將其觀念傳遞下去，國家進步也必由此而成。 ※ 其他的問題： 1.「的」 2. 句意重複的文句	經修正，相關詞彙減少如下： 1.「知識」（2次） 2.「知識分子」（2次） 3.「下一代」（1次） 另有兩個問題，一是「的」太頻仍。同時，部分語句過於口語或與前文重複，造成不知所云，一併修正。

三、同義語詞的連用

同義語的連用與口語有關，口語講述時的問題不大，還有強調重點的功效，但成爲書面文字就會形成冗贅。據歸納，常犯的同義語詞連用有四種：一是修飾名詞與動詞的「副詞連用」；二是修飾名詞的「動詞連用」、「形容詞連用」；三是「人稱代名詞連用」；四是「連接詞連用」。

前兩種同義語詞的連用，常造成過度修飾，譬如：「我非常、極其厭惡他欺騙的行爲」。非常、極其是同義的程度副詞連用，而寫作者究竟是想表達「非常或極其」擇一的厭惡感？還是「非常加上極其」雙倍的厭惡感？就必須斟酌，以避免過度修飾。分別舉例如下：

待修正的文句	修正結果	說明
現代知識分子應該、十分、非常關心當前社會弱勢與公益的相關議題。	現代知識分子應該（十分／非常擇一）關心當前社會弱勢與公益的相關議題。	此屬於「副詞連用」，用於口語有強調「關心」的效果，這常見於演講、宣傳場合。寫成文字時，

待修正的文句	修正結果	說明
		「應該」為態度副詞；「十分」、「非常」皆程度副詞。連用兩個程度副詞反成冗贅，宜擇一。
身為一位具有時代性的，現代性的，以及當前性的全方位知識分子，除了要吸收新知，也不該忘掉固有的舊文化對現代文化的影響。	身為一位具有時代性的知識分子，除了要吸收新知，也不該忘掉固有的文化對現代文化的影響。	此係連續兩個「形容詞連用」，如用於口語，前者可強化「知識分子」的全方位性；後者則強調「固有的文化」。但成為書面語時，首先，「時代性」、「現代性」、「當前性」意近，擇一即可。「全方位」一詞亦可配合省略。其次，「固有的」、「舊」亦可擇一使用。
我個人認為知識分子應具備基本的道德操守，比其專業知識來得更重要。	我認為知識分子應具備基本的道德操守，比其專業知識來得更重要。	這是「人稱代名詞連用」，「我」、「個人」是同義詞，口語時經常連用，用來強調「我（自己）」。作為書面語，除非特別作為強調語氣，連用則顯冗贅。

待修正的文句	修正結果	說明
知識分子雖應無窮盡探索知識的奧妙，但卻不能不關心當前發生的各種社會議題。	知識分子雖應無窮盡探索知識的奧妙，但不能不關心當前發生的各種社會議題。	這是兩個「轉折連接詞連用」，口語經常出現。亦可以是不同種類的連接詞連用，如「但因爲」、「但所以」、「但假如」……。成爲書面語時，可根據上下文意，擇一使用。運用時雖有強化效果，仍需注意文意是否需要而定。

四、數詞「一」

數詞是確定數量與單位的修飾語，「單位」會因對象不同而有別。口語中數詞經常被應用，甚至像口頭禪般常出現，尤其是數量「一」。有別於印歐語系與閃含語系會在名詞或名詞詞組之前或之後加上冠詞，以對於句子中主要是「名詞」起限定作用的詞，譬如：英文有不定冠詞指稱數量爲「一」的“a”、“an”，或定冠詞“the”，對其後的名詞或片語有限定作用。

而中文文法並無相關對應的詞彙。如：文言文中若非特別強調數量爲一，否則不會以一作爲冠詞。但自民國初年推行白話文學開始，從文言轉爲白話文寫作的過程中，白話文受歐西文法影響甚深，以冠詞限定名詞的數量成爲普遍現象，使用太頻仍，亦會造成冗詞贅句，舉例如下：

待修正的文句	修正結果	說明
身為一個現代的知識分子，我們應該掌握一條原則，就是「謙虛」。每一個人都要能知道自己能力的限制，進而懂得尊重他人。譬如：在每一件事情上，先想一想我能作出什麼貢獻，而又有什麼是我所不足的，並向其他專家請益。這樣才能促進一個社會的和諧，而不是造成分裂。	身為現代知識分子，我們應該掌握「謙虛」的原則。每個人都要能知道自己能力的限制，進而懂得尊重他人。譬如：在每件事情上，先想想我能作出什麼貢獻，而又有什麼是我所不足的，並向其他專家請益。這樣才能促進社會的和諧，而不是造成分裂。 ※ 其他的問題：「的」	原文用了六個數量詞「一」，多數屬於口語用詞，最後皆可省略。
身為知識成員中的一分子，追求時代使命是一個不變的課題。維繫國家與人民，社會與時代，知識分子應謹記此一要務，創造一個美好生活的來臨。	身為知識分子，追求時代使命是不變的課題。維繫國家與人民，社會與時代，知識分子應謹記此（一）要務，創造美好生活的來臨。	原文有四個數量詞「一」，多數也是口語詞，刪省後保留了一個。 而「此」字也已具備了限定意味，故「此一」之「一」亦可省略。

第三節　語句類的問題與修正

一、不當的激勵文句

「激勵」的文句常出現在勵志型的散文、演說、宣傳的場合，寫作者或演講者會以心靈導師的姿態，透過激昂的語言，或設問反詰向閱聽者提問，振奮讀者的心情，提升正能量。

但「勵志型散文」是一種上對下關係的寫作，寫作者或演講者是閱聽者的「心靈導師」，自然能用勸勉口吻來激勵；而且閱聽者也必須在「全然信賴」，而非在「檢視正誤」的前提下，勵志散文才會發揮功能。但不是每一種文體都是上對下的寫作關係，如：論說文的讀者、寫作者便是平等的，在平等的基礎上，才能展開論辯、對話。

激勵人心的語句經常作爲勵志散文的結尾，以提振文勢，常見如：揀選一個激勵人心的比喻或擬人作結，像是「人生路途上，有許多值得追尋的美好事物，我們千萬不要視而不見，若能停一停，仔細觀察，就會發現許多路旁野花正在盛開，爲我們喝采！」又如：「人的一生中，充滿著荊棘，而生命就像是海岸邊的岩石，需要不斷接受浪花無情的挑戰，唯有如梅花般堅忍不拔，才能從挫折中挺立。」這些文句看來滿滿正能量，卻不切實際，如何以證得野花是爲某人盛開？是爲某人喝采？又一小段話中，先是荊棘，再跳到海岸邊的岩石與無情浪花，最後再轉到梅花的堅忍，這合乎邏輯嗎？

綜言之，激勵的文句不是不能使用，而是得選對時機場合，且需恪守誠以待人、書寫的態度，眞誠面對自己的想法或情感，確切明白每一文句的文意與功能，勿浮誇或過度修飾。[4]舉例如下：

待修正的文句	修正結果	說明
所以現代知識分子不應安於現狀，而是要去突破，邁向卓越。就像一條線，大部分的都在退後，可是知識分	現代知識分子不應安於現狀，而是要去突破，邁向卓越，「創新」正是其使命。因爲社會的發展不能故步自封，如果	撰寫文章，無論任何題材，表意愈清楚愈佳，針對原文，可以反問的是，爲何要以「線」來比喻，比喻之後意思會否更

④ 有關勵志散文、論說文之異同，可參見本書「附錄二　漫談勵志散文與論說文的不同」一文。

待修正的文句	修正結果	說明
子要衝破這條線，尋求進步和發展。之所以需要新的創新使命，因爲如果沒有勇氣再去推翻，那社會就不會進步了。	他們缺乏接受與整合新資訊的能力，那麼，社會何來進步可言？ ※其他的問題： 連接詞：所以	清楚？倘若否，一概可省略，文章更清爽。 「之所以……不會進步了」有敘述上的問題，故依其本意略作更改。
一台機器是由若干螺絲釘集結才得以運作，一個安穩和樂的社會是由千千萬萬的人共同努力才能正常運作；各個崗位有各個負責的「螞蟻」，付出自己。因此，「責任」埋在我的身上，我給與它陽光，水和土壤，吸收養分的它，默默地發了枝芽，我與它一同愈來愈茁壯。而這個社會必然會因爲我們而欣欣向榮，而邁向坦途之大道。	社會能夠安穩，是眾人能各安其位，各司其職的結果。我亦有身爲社會一分子應盡的責任。相信只要努力，自然能爲社會貢獻己長，以完成身爲現代知識分子的時代使命。	原文使用機器、螺絲釘爲喻，但何以又轉出了「螞蟻」？然後又轉到了「陽光、水、土壤、枝芽」。最後又社會如何會因我們而欣欣向榮？又是誰要邁向坦途大道呢？原文似是勵志，實則邏輯不通，修正後，汰除這些過於誇飾的勵志文句，並順理出人、社會關係的脈絡。

二、句意重複的文句

這是指一整段文句的句意前後相同而立說，前文才剛說過，後文又反復敘寫一次意思相同或相近的內容。會導致這樣的問題，多是未清楚要撰寫的內容，以至於思想含混不清，篇章結構不明，一篇好文章的每一個段落或層次都會擬定出書寫主旨，段落、層次間都該緊密結合。

如何修改？即寫作前必須有篇章布局的概念，什麼材料放哪一段落，都應預先安排；一旦感受到文句或內容不斷重複，就得重新檢視文意相近的內容，擇適當者保留，不適當者淘汰。舉例如下：

待修正的文句	修正結果	說明
在二十一世紀的現代，是個知識爆炸，資訊廣泛流通的時代，由於人類文明的高度發展，科技的日新月異，現代的我們，獲得知識是很容易的事，所以大家幾乎都是所謂的現代知識分子。在普遍獲得高知識的時代，我們的現代使命又更加重要了，不再是單純的一個國家，一個社會。我們生活的現在已經是個無國界的地球，國與國之間的關係密切，而現代人類所面臨最大、最危急的問題就是生態環境的巨變。	二十一世紀是知識爆炸，資訊廣泛流通的時代，由於文明高度發展，科技日新月異，獲得知識相對容易，所以大家幾乎都是現代知識分子。我們生活在無國界的地球，國與國之間的關係密切，而現代面臨最大、最危急的問題就是生態環境巨變。 ※ 其他的問題： 1. 重複的字詞：人類、我們、現代 2.「的」	原文欲表達的意思有三：一是二十一世紀爲高科技年代；二是知識分子的時代使命；三是環境生態問題。但卻一再重複內容，幾乎都可省略。至於「所謂的」也是口語用詞，可省。再者，既然書寫對象是人，則不用刻意強調人類。 發生原因在於未預設「內容」與「結構」，想到哪兒便寫到哪兒，當然表意不明確。 此處修正結果先按原意略作刪除，有些說明未清者，如何謂「大家幾乎都是現代知識分子？」又如何把知識分子與生態環境巨變作連結，則有待結構的修正。

待修正的文句	修正結果	說明
每個人誕生於世，都必經由父母；每個人生活成長，都出自父母，孩子的一切，便是父母的一切，長大成爲現代知識分子，其功勞必來自父母，所以孩童長大後，必要肩負孝順的時代使命，如此以報答父母的辛勞，也對各自的成就問心無愧。年長的父母其使命已完成，接著該是輪到成爲現代知識分子肩負其時代使命的時候。	每個人誕生於世，以至於生活、成長，都需仰賴父母。他們辛勞的工作，爲的是培育我們成材，長大之後，千萬不能忘記父母恩德。故「孝順」是亙古不變的處世原則，而受過良好教育的現代知識分子更應知這個道理。 ※ 其他的問題： 1. 重複的字詞：父母、孩子、使命、時代使命 2.「的」	原文意思有兩層：一是人的一切源自父母；二是勿忘親恩乃爲現代知識分子的時代使命。但一再重複句意，前後無別，不如刪去。這亦是未確切知曉「內容」與「結構」使然。 其次，原文還有邏輯不通的問題，孝順應是所有人應有的德行，不需分古今，更非只是現代知識分子的使命，故略作修改。

三、疑問句型的文句

首先，疑問句並非造成冗詞贅句的主要理由。因爲疑問句有凝聚焦點的功能，一來讓寫作者自我提醒論述主軸，二來提示讀者本文論點，如謂：「孔子的思想對後來儒學有何影響？如何影響孟子（372B.C.-289B.C.），以及荀子（316B.C.-約237B.C.到235B.C.）的思想發展？這正是我們要討論的問題。」上述每一步都提出企欲解決的問題，後文也必得一一呼應，只提問卻未解答，或解答不完全，會顯見作者的思慮未清。

其次，由於疑問句的種類較多，其適用的文體、頻率也各有不同，陳汝東指出：

> 疑問句類型不同，其適用領域和出現頻率也不盡相同。日常言語交際中，疑問句最平常，且種類多樣。書面與交際領域或大眾傳播領域中，因語體類型不同，疑問句的適用情況也不一樣。實用語體或公文語體中，疑問句較少使用。比如，法律、法規、政府公告、條例、準則等等，幾乎沒有疑問句。而在政論語體中，則多用設問、反問，以調節話語的風格、氣勢。文藝語體也是如此。科技語體中疑問句的出現頻率較低，尤其是設問句、反問句。新聞報導中，也常出現問句，多在題目中，適用於不確定的新聞、綜述或評論等。⑤

在實用語體、公文語體中、科技語體等文章中，大多不會使用疑問句型，而是直接說明，譬如以下這段介紹性質的文字：「尼泊爾位於南亞的北部，是一個面積僅有140,800平方公里的偏遠小國，國境狹長，北臨中國，西、南、東三面與印度接壤。」⑥就不適宜寫成「尼泊爾是一個怎樣的國家呢？它面積有多大呢？又跟哪幾個國家接壤呢？尼泊爾位於南亞的北部……」除非是刻意當作口語發問，或撰寫成文藝類型或新聞報導的文章。

又次，篇幅較小的文章，連續使用疑問句就有充篇幅之嫌，若句末以疑問詞結尾，氣勢更顯薄弱，如言：「孔子（551B.C.-479B.C.）的儒學思想，對後來儒家發展有何影響『呢』？」

要之，疑問句不是不能用，而是要用對時機、文體。在本書第五講第五節的「設問法」，便說明了「設問法」強化氣勢的理由，可與

---

⑤ 陳汝東：《修辭學教程》（北京：北京大學出版社，2019年4月），頁127。

⑥ 元雅染、章嘉凌等：《動物星球小百科——極地驚奇之旅》（臺北：銳訊多媒體股份有限公司，2005年11月），頁15。

本點互參。茲舉例如下：

待修正的文句	修正結果	說明
很多檯面上的知識分子濫用自己的知識爲非作歹，以這樣的品性該會有如何的社會風氣？如何帶領國家朝向美好的未來？更如何教育下一代擁有良好的規範？	1. 很多檯面上的知識分子濫用知識爲非作歹，其品行會造成怎樣的社會風氣？何以帶領國家朝向美好的未來？又如何能教育好我們的下一代？ 2. 很多檯面上的知識分子濫用知識爲非作歹，其品行對社會風氣，國家未來，乃至於下一代的教育將會造成不良影響。 ※ 其他的問題：「的」	此處分兩種修改模式，先論第一種。如果後文將提出「具體作法」，而此處三問句乃作鋪陳之用，便可保留。但原文中的三個「如何」，可以「怎樣」「何以」更替使用，使語句靈活多變。 第二種改法的前提是，如文章並無提出具體作法，僅用問句當口號呼喊則可省略，而以肯定句確切點明問題。 再者，我們將原文之「品性」更改爲「品行」，前者著重內在的性格，後者是行爲的表徵。原本文意較貼近於後者。
什麼是現代的知識分子？而什麼又是現代知識分子的時代使命呢？他們又該如何成就自己的使命呢？	現代的知識分子是……其時代使命是……其成就使命的方法爲……。 ※ 其他的問題： 1. 重複的字詞：知識分子、時代使命 2. 感嘆詞	若非特意要強調提問與後文回答之間的前後呼應，不如直接定義說明，更爲明快。

四、不當拆解的語詞

語詞的拆解常發生在「熟語」的使用過程中，另有小部分發生於一般語詞之中。「熟語」是由固定的片語所組成，性質大過「詞」的語言單位，卻又和詞一樣有相同的造句功能。範圍極廣，包括：成語、諺語、俚語、俗語、慣用語、歇後語、格言等屬之。這些語彙皆可依不同的寫作情況而適度運用，豐富文章的意涵與情蘊。⑦

寫作過程時會發生「析詞爲句」，也就是將固定形式組合而成的語詞或句子，拆解、稀釋成口語化的文句，這種自認爲是創新變化的語句，常導致負面效果。因爲熟語既是語詞與文化淬煉下的結晶，目的是使句意、內容精練緊實，以及能精細的描摹與掌握人物情態，一旦拆解、稀釋，非僅原意易受破壞，還可能有錯解的疑慮，如：「門可羅雀」用以形容門前冷落，或指世態的炎涼，若改成「門口可以張著大網子來補麻雀了。」又如臺灣民謠中的「杯底嘸通飼金魚」後來成爲常用的歇後語，意指要豪邁飲酒，若更改成「杯子裡面的酒水都可以拿來養金魚了。」豈不啼笑皆非？

有三種情況不在此限。一是熟語本身可分割爲二，拆解後又不會更改原意，並可用連接詞串連者，如：「上行下效」改成「上行而下效」。「東躲西藏」改成「東躲又西藏」。二是因應句式或押韻需要，稍加更易典源者，如：「一丘之貉」又可作爲「貉共一丘」、

⑦ 上述七種熟語中，「成語」是有確定出處，且多出於典籍的書面語詞。「諺語」、「俚語」出自民間，反映出民眾生活的語詞，多以口頭方式流傳。「俗語」介於其間，部分近於成語，過於口語俚俗者，就偏向諺語、俚語。「慣用語」也是具有地方色彩的口語詞彙或短句，如言：拍馬屁、敲竹槓。至於「歇後語」則是中文獨有，內容多俏皮，也屬於廣義俗語的範疇。而「格言」有別於前六者，稍近似「成語」，只是條件更爲嚴格，除了要有出處，且要能表現高度文化素養，而必爲積極正面意涵者，否則，便近於一般俗諺。寫作時，可針對「閱讀對象」使用上述熟語，「成語」、「格言」最具普遍性，適用於各種寫作；但具有地域性的熟語，則適用於本土文學、方言文學。

「狐貉同一丘」等，這多運用在文言文或詩歌中。白話文引用熟語時，宜儘量使用原典原句，避免任意分割熟語，省得以訛傳訛，愈傳愈錯。三是欲營造一個俏皮的非正式情境，使讀者從稀釋後的語句中還原其原本旨意，能有會心一笑的幽默，此宜視文體與情況而定，需謹慎使用，引例說明如下：

待修正的文句	修正結果	說明
現代的知識分子一定要能有開闊的胸襟，接納多元的價值觀，而不能夠讓我們的目光如小小豆子般的狹小侷限。	身爲現代的知識分子，一定要能有開闊的胸襟，接納多元的價值觀，而不能夠目光如豆。 ※ 其他的問題： 人稱代名詞：我們	以「目光如小小豆子般的狹小侷限」作形容，並無法增進內容的情韻，反而毫無意義，徒用以增加篇幅，應避免。
現代社會資訊發達，知識傳播迅速，想要找個連個丁字都不識的年輕人，在現在社會中可以說是少之又少了。	1. 現代社會資訊發達，知識傳播迅速，想要找個目不識丁的年輕人，可以說是少之又少了。 2. 現代社會資訊發達，知識傳播迅速，想要找個連個「丁」字都不識的年輕人，可以說是少之又少了。	如果文章具有一種俏皮性質的表述，則原文尚可接受，將「丁」字標明上下引號，便可使人清楚作者本意。但正式性質的文章則應避免。

五、誤入的常用口語

經過以上十二個問題刪修後，寫作者的文句應已相當簡練，如果仍顯得冗贅或口語，可能是「常用口語」的問題，這是將口語直接轉換成書寫文字所致，此問題已非寫作者自己能查覺，需待有經驗的讀者、教學者告知。

諸如：「知書達禮，這就是『我們所謂的』傳統知識分子的形象」、「身爲一位知識分子，應該對於諸如社會學、政治學、歷史文化等『這一類的東西（事物）』有所了解。」當中「我們所謂的」可省略，而「這一類的東西（事物）」可用「相關知識」替代，或省略亦可。又如：「先秦時『有一位』哲學家『名叫』孔子。」則可以改成「先秦哲學家孔子……」。

其次，方言、網路語言、流行用語同樣會形成口語化的用詞，除了名詞以外，若這些詞彙是動詞、形容詞、副詞等詞類，文章更形情感化。以 時下流行的用語爲例，常見如：「暖哭（爆）了……」、「A打臉B」、「爆（哭、料、怒）……」、「狂（按讚、罵）……」、「跪（求）……」、「瘋……」、「超扯」、「扯爆了」、「扯（出）……」、「（相）挺……」、「很瞎」、「幫我做一個……的動作」……，這些帶有情感的字眼，易撩撥閱讀者的情緒，使能形成共鳴或同仇敵愾，但聳動的語詞過多，反不利於言明事理。

最後，善於寫作的人也會犯常用口語之誤，譬如：在一段或一句話起首時，慣用「實際上，……」、「實則上，……」、「基本上，……」、「原則上，……」、「按理說，……」、「照律（理）說，……」爲開端，若這些詞彙兼有文法或指示語的功能，留之無妨；若缺乏實際表意功能，純粹只是口語，也可刪省。舉例說明如下：

待修正的文句	修正結果	說明
從古至今，各時代的知識分子，面對不同的環境裡，睜著明銳的眼睛觀看著周遭的變化，比一般民眾看得更遠。	1. 各時代的知識分子，面對不同的環境，能犀利地洞悉周遭變化，比一般民眾看得更遠。 2. 揆諸古今，各時代的知識分子面對不同的環境，能犀利地洞悉周遭變化，比一般民眾看得更遠。 ※ 其他的問題：不當拆解的語詞：睜著明銳的眼睛	「從古至今」是口語，也是描述語，如同說「很久很久以前」，有多古？該有說明。除刪省，若用「揆諸古今」或「綜觀古今」，則是縱觀歷史的結果，比較確切。 其次，此處使用「睜著明銳的眼睛」邏輯不怎通順，直接用「犀利」即可。
身爲現代的知識分子，只知道人云亦云，而缺乏自我判斷的能力，這還配稱爲知識分子嗎？眞的是扯爆了，他們的行爲也太瞎。	現代的知識分子不能只是人云亦云，到最後反失去自我判斷的能力，這實有愧於曾受過的高等教育。	原文中的「扯爆了」、「太瞎」都是流行用語，若已成爲寫作者慣用表達語彙，便難發現問題所在。修正後，刪省這些用語，使文章不至於太過口語、激動。
沒錯！恪守律法，盡身爲公民的義務，就是現代知識分子的時代使命。我想，你一定會認同我的觀點。	恪守律法，盡身爲公民的義務，就是現代知識分子的時代使命。	使用對話語句，要看「對象」、「文體」。如果是長輩對晚輩，或具有指導性的文章時，則可使用。若閱讀對象是平輩或對長輩，便不宜出現。

六、顚倒的文法句式

主要造成文法顚倒的理由約有四種：一是受方言影響，如：「我飯食飽了」這是閩南語的用法，中文文法應該是「我吃飽飯了」；二是欲強調某些情態，特意顚倒文句作爲強化之用，如言：「百貨公司大特價在今天」，「火車開走了剛剛」；三是因緊張或其他狀況下發生的錯誤；四是不同語言對譯轉換，未調整文法間的差異，譬如：「我去購物在昨天中午」這是英文將時間放置句末的用法，中文便應該改成「我昨天中午去購物」。其他舉例如下：

待修正的文句	修正結果	說明
面對當前情勢的社會，知識分子無可避免要盡一分心力，不能困守書齋而不問世事。	面對當前的社會情勢，知識分子無可避免要盡一分心力，不能困守書齋而不問世事。	很清楚的，此係緊張而顚倒文法。
知識與現代人的關係在於：知識的獲得，如何支持對現代人的學習動機、目的之了解。	現代人學習任何知識之前，應瞭解自己的「動機」與「目的」，方能眞正獲得知識。	原文文法錯亂，難以閱讀。作者雖有明確的問題意識，但未能確切表意。

本講重點回顧

- 語言文字的應用可粗分為二類：一類是口語的，是無形的文字；一類是書面的，是有形的紀錄。一般講話過程中，為使表達更為順暢、情感更形豐富，不必然得完全按照書面文法，但若毫不刪修將口語表達寫成書面文句，便會形成冗贅。
- 形成書面表達的冗贅有兩種情況：一是口語不經潤飾，直接成為書面文句；一是某些書寫慣性下的冗詞贅句。儘管二者形成的成因不同，但經常伴隨發生。
- 造成「冗詞贅句」的理由不外乎有三種：一是篇章布局不明，二是內容構思不清，三是使用文句失當。
- 虛詞中「感嘆詞與語氣詞」的問題成因與修正：這類詞語主要功能是各種情緒的表達，使用時要視情況而定，如記敘文、抒情文、描寫文需情緒表達，用之無妨；講求客觀論理、語氣堅定的論說文，要避免或少用。
- 虛詞中「動態助詞『了』」的問題成因與修正：「了」是動態助詞，表示動作行為的發生和狀態的出現，用在動詞、形容詞之後，主要擺放的位置有兩處：動詞詞尾、文句句末，擺放位置不同，意義也不同。作為句末助詞的「了」，除了表示狀態改變或表示完成意義下，還兼有「語氣軟化」的功能，此外，「了」表達的是動作行為完成之時貌，即表達「某人」當下處於某種狀態。因此，「了」較少出現在以事、物為主的文體。
- 虛詞中「連接詞」的問題成因與修正：如非進行文法研究，一般人很難悉數記得哪些連接詞可省略，不妨記下一些常見且具備可省略的連接詞，如：而、因為、為、以、所以、故、因而、也、亦、則……等，書寫過程或進行刪省文句時，特別留心是否有過度使用造成冗贅，或刪省後亦無變於文意，便可自行決定是否要刪修。

- 虛詞中「的」的問題成因與修正：口語中經常使用「的」，如不刪裁而寫入文章，易使文氣散失。由於我們非文法學家，不需太字斟句酌了解何時該省或不該省略，寫作時多留心，完稿後自行刪修便可。
- 實詞中「代名詞」的問題成因與修正：首先，「人稱代名詞」是常見的口語用詞，作者欲表明這是個人意見或所有格「我的……」時，第一人稱爲文章主角的「我」就時常出現，但出現太多，易造成冗贅。其次，用以指示、區別人或事物的詞「指示代名詞（指稱詞）」爲了要定指（definite）某事物，而常生冗贅。尤其是「這」、「此」（this）與「那」（that），一旦需連續定指時，就容易重出而冗贅。
- 實詞中「關鍵字詞」的問題成因與修正：「關鍵字詞」常作爲文章的主詞，一再使用實無可避免，需注意關鍵字詞是否使用過量。同時，一篇結構層次分明的文章，關鍵字詞會按部就班放在不同的段落，而不會一直前後糾纏不清。
- 實詞中「同義語詞的連用」的問題成因與修正：同義語的連用與口語有關，口語講述時的問題不大，反而有強調重點的功效，但成爲書面文字，就會形成冗贅。據歸納，常犯的同義語詞連用有四種：一是修飾名詞與動詞的「副詞連用」；二是修飾名詞的「動詞連用」、「形容詞連用」；三是「人稱代名詞連用」；四是「連接詞連用」。
- 實詞中「數詞『一』」的問題成因與修正：白話文受西方文法影響，常使用單數的「一」來限定後面的名詞數量，但中文並無相應的文法，使用太多經常造成冗贅，可適度刪省。
- 語句中「不當的激勵文句」的問題成因與修正：「激勵」的文句常出現在勵志型的散文、演說、宣傳的場合，寫作者或演講者會以心靈導師的姿態，透過誇張的語言，或設問反詰向閱聽者提問，振奮讀者的心情，提升正能量。但不是每種文體、寫作都是勵志散文，都適合使用激勵文句，而是得選對時機場合。

- 語句中「句意重複的文句」的問題成因與修正：指一整段文句的句意前後相同而立說，前文才剛說過，後文又反復敘寫一次意思相同或相近的內容，理不出頭緒，層次不明。解決問題之道在於寫作前必須有篇章布局的概念，什麼材料放哪一段落，都應預先安排；一旦感受到文句或內容不斷重複，就得重新檢視文意相近的內容，擇適當者保留，不適當者淘汰。
- 語句中「疑問句型的文句」的問題成因與修正：疑問句並非造成冗詞贅句的主要理由。因為疑問句有凝聚焦點的功能，一來讓作者自我提醒論述主軸，二來提示讀者本文論點，但篇幅較小的文章，連續使用疑問句就有充篇幅之嫌，需特別留意。
- 語句中「不當拆解的語詞」的問題成因與修正：寫作者常想創新變化語句而將熟語「析詞為句」，反弄巧成拙，實應還其本來面貌，勿隨意改動。唯有三種例外，分別是：其一，熟語本身可分割為二，拆解後又不會更改原意。其二，因應句式或押韻需要，稍加更易典源者。其三，欲營造一個俏皮的非正式情境者。
- 語句中「誤入的常用口語」的問題成因與修正：這是將口語直接轉換成書寫文字所致，這已非寫作者自己能查覺，而需待有經驗的讀者、教學者告知。
- 語句中「顛倒的文法句式」的問題成因與修正：主要造成文法顛倒的理由約有四種：一是受方言影響；二是欲強調某些情態而特意顛倒文句；三是因緊張或其他狀況下發生的錯誤；四是不同語言對譯轉換，未調整文法間的差異。

第三講

掌握文氣的方法（一）——掌握精準表意的方式

教學目標

1. 理解何謂文氣。
2. 掌握精準表意的方法。
3. 落實自我修正，體會文氣的變化。

摘要

本講與第四、五講將延續第二講的消極刪修字句，從積極面提出掌握文氣的方法。本講著重在「如何掌握精準的表意方式」，共分成六節，說明如下。

第一節，以具體示意取代「說」（say）。「說（say）」是很籠統的表意方法，故將列舉各種具體的表意模式取代「說（say）」。

第二節，個人主張與他人對話。爲避免非文學寫作的過於主觀，故「我說」（I say）是否該放入文章之中迭有爭論，本節將提出既能用「我說」，又能展現客觀表述的方法。

第三節，動詞的使用與限制。動詞主要表達動作，但不同的文體使用的動詞種類不同，需根據不同的主語定位，選取適當的動詞表意。

第四節，以實證語詞取代修飾用的語詞。以徵實性的語句，與實際的數字或數量，取代修飾用的「副詞」、「數量形容詞」。

第五節，肯定或否定：是全稱還是特稱。理解全稱與特稱，肯定與否定的差異，表述時宜謹愼使用，尤其是判斷是非正誤之時。

第六節，簡單表意替代術語表意。表意目的在彼此達成溝通，過度賣弄學術術語未必能展現專業度，還可能過度詮釋。

引言

第二講「刪修冗詞贅句的方法」已從消極面習得刪除冗詞贅句的方法；但光是刪除冗詞贅句，仍未能從積極面的更替語詞、調整文句，或利用修辭法等提煉文氣，因此，自本講到第五講將分別從「掌握精準表意的方式」、「調整句式改變文氣」、「以修辭法強化氣勢」，具體提出如何掌握文氣的方式，尤其將透過中西寫作模式的對照、文言與白話語境的對比，以革新當前的教學方法。

然而，何謂文氣？即指文章的氣勢。最早曹丕（187-226）《典論‧論文》言：「文以氣爲主，氣之清濁有體，不可力強而致。」而後歷朝各代的文氣界定各異，或指作品的辭氣，或指作者先天稟賦的性情、才質，或兼有二者。[①]此處將聚焦作品文句表達形式的氣勢，故不同於曹丕偏重人天生的稟賦。

然而，近人夏丏尊（1886-1946）論文氣則強調「念誦」是領略文氣的唯一途徑；他又對比文言白話，以後者受歐化影響，所以「古代人重在用口念，近代人重在用眼看。」因此，他談文氣不取白話文。[②]

相對的，唐弢（1913-1992）也認爲文氣是透過句子得到的感覺，以及讀出來聲音的抑揚頓挫，而古文尤能展現文章氣勢。和夏丏尊不同，唐弢認爲無論文言白話，默誦文章的功夫對初學者很重要，故說：「爲了理解別人的文章，我們需要默誦；爲了修改自己的文章，我們也需要默誦。魯迅（1881-1936）說過，他在寫好一篇文章之後，總要復閱好幾遍，『自己覺得拗口的，就增刪幾個字，一定要它讀得順口』，這所謂『順口』我以爲也是專指氣勢的。」[③]儘管白話文多用眼看，但唸得順不順口委實是體會文章氣勢的方法，故文氣非獨偏文言，白話文亦能體現出文章氣勢，當寫作者知道掌握文氣的方法、運用規則，會發現文氣並不抽象，自己更可自行決定文氣的強弱盛衰。

第一節　以具體示意取代「說」（Say）

無論是白話文的「說」，或是文言的「曰」、「云」、「道」、「有言」、「述」，都是引述他人話語的基本用詞。但徒

---

① 朱榮智：《文氣論研究》（臺北：臺灣學生書局，1986年3月），頁77-95。
② 夏丏尊：《文章講話》（北京：北京教育出版社，2014年3月），頁82-94。
③ 唐弢：《文章修養》（北京：北京教育出版社，2014年3月），頁168-177。

以「說」作引述易流於空泛，也很難如實代表他人的觀點、意見，因此，Gerald Graff、Cathy Birkenstein以「鮮明而精確的『示意動詞』」取代抽象的「說」，雖然此適用於英文論文寫作，中文亦可相通，引述如後：

提出主張

argue 主張、認爲

assert 主張、斷言

believe 相信

claim 主張、聲稱

emphasize 強調

insist 堅持、堅決認爲

observe 察覺到、注意到

remind us 提醒我們

report 報告；描述

suggest 暗示；意味著

表示同意、認同

acknowledge 承認、認可

admire 讚賞、誇讚

agree 同意、贊成

endorse 贊同

extol 讚揚、讚頌

praise 稱讚、表揚

表示質疑或不認同

complain 抱怨

complicate 使複雜化、使更難懂

question 質疑、懷疑

contend 聲稱、斷言

contradict 駁斥、反駁

deny 否認

deplore the tendency to 強烈譴責……

repudiate 否認、駁斥

qualify 補充說明；提出但書

refute 駁斥、反駁

reject 拒絕、駁回

renounce 宣布放棄

提出建議

advocate 提倡、主張
call for 呼籲、要求
demand 強烈要求
encourage 鼓勵
exhort 敦促、規勸
implore 懇求、哀求
plead 懇求、請求
recommend 建議
urge 促請、力勸
warn 警告、告誡④

可略爲補充者，若引述對象非爲現代人，或引述內容明顯爲「事」而非爲「人」時，則宜斟酌使用示意動詞，以免過度詮釋，如：《孟子．告子上》云：「生，亦我所欲也，義，亦我所欲也；二者不可得兼，捨生而取義者也。」不宜改成《孟子．告子上》呼籲：「生，亦我所欲也，義，亦我所欲也；二者不可得兼，捨生而取義者也。」

中文表現具體示意的詞彙還有很多，徐進夫翻譯約翰．杜瑞（John E. Drewry）在《書評要門》一書，羅列出以下數十種示意動詞，可供參考：

> 解釋、聲稱、指明、堅持、主張、強調、問道、辯稱、倡議、認爲、追問、反問、指出、指陳、陳言、論云、考慮、以爲、覺得、忠告、告誡、勸導、講道、說道、寫道、讀道、闡釋、闡明、闡述、說明、描述、記述、評述、描寫、描繪、敘述、評論、形容、表示、斷言、硬說、略云、聲言、聲明、訴稱、明言、據云、據說、聽說、贊成、同意、附和、提議、自稱、詭稱、大聲疾呼、公開申明、私下表示。⑤

---

④ Gerald Graff、Cathy Birkenstein著，丁宥榆譯：《全美最強教授的17堂論文寫作必修課》（臺北：EZ叢書館，2019年3月），頁50-51。

⑤ 約翰．杜瑞（John E. Drewry）著，徐進夫翻譯：《書評要門》（臺北：幼獅文化，1973年1月），頁54。

實際舉例說明如下：

待修正文句	修正結果	說明
日本經濟學者大前研一曾說過：「『身價』與『頭銜』的目標是以自己爲物件，設法提高自己的價值，如果自己的努力不是以此爲目標，只是漫不經心地接受並完成公司給你的工作，就無法明確地製造出自己的身價和頭銜。」	日本經濟學者大前研一主張：「『身價』與『頭銜』的目標是以自己爲物件，設法提高自己的價值，如果自己的努力不是以此爲目標，只是漫不經心地接受並完成公司給你的工作，就無法明確地製造出自己的身價和頭銜。」	主張亦可換爲「提醒我們」、「認爲」、「相信」等比「說」更爲清楚的示意詞。
聯合國說要請全世界各國正視全球暖化、碳排放量過高的問題。報告中說，如果現在什麼都不做，人們很快就得用更高昂、難以預期的代價面對這自然的反撲。	聯合國呼籲全世界各國正視全球暖化、碳排放量過高的問題。報告中指出，如果現在什麼都不做，人們很快就得用更高昂、難以預期的代價面對這自然的反撲。	原文「說要請」是很口語的用法，故改成提出建議的「呼籲」；第二個「說」則改成提出主張的「指出」，更清楚表明文旨。

第二節　個人主張與他人對話

在一般非文學寫作中，是否要把「我」（I say）帶入其中，一直有不同見解。因爲將「我」寫入文句中，如：「我認爲……」、「我以爲……」、「我覺得……」帶有主觀性，不利於客觀表述，莫不如省略。

但Gerald Graff、Cathy Birkenstein認爲「持平論證靠的是令人信服的理由和證據，而不在於是否使用某個特定的代名詞。」⑥又強調「好的學術論文就是進行一場對話，在每個寫作環節，讀者都要能看得出哪些是你的看法，哪些是別人的意見。」⑦以上雖專就學術論文而論，但運用在其他非文學寫作亦可相通。因此，他們將標示方法區分出以下三種範本：「標示出誰在說什麼」、「取代第一人稱『我』」、「嵌入發言標記」，提供使用「有我」或「無我」句式的參考：

1. 標示出誰在説什麼

- 雖然X的________立論甚佳，但我仍無法苟同。
- 然而，我的觀點和X所主張的相反，我認爲________。
- 爲了補充説明X的觀點，我想指出________。
- 根據X和Y雙方的看法，________。
- X認爲政治人物應該________。
- 大部分的運動員會跟你說________。

2. 取代第一人稱「我」

- X認爲________，他說得沒錯。
- 證據顯示________。
- X主張________，這與事實不符。
- 熟悉________的人應該都會同意________。
- 然而________是眞的，而且可能是________的最大因素。

---

⑥ Gerald Graff、Cathy Birkenstein著，丁宥榆譯：《全美最強教授的17堂論文寫作必修課》，頁82。

⑦ Gerald Graff、Cathy Birkenstein著，丁宥榆譯：《全美最強教授的17堂論文寫作必修課》，頁81-86。

3. 嵌入發言標記

- 關於________，X忽略了我認爲的一個重點。
- 我個人的觀點是，X所堅持是________的問題，事實上是________。
- 我完全支持X所稱的________。
- X在________所探討的這些結論，進一步證明了________的論證。⑧

所以，無論寫作中有我，還是無我，端看寫作者的寫作慣性而定，但最重要的是如何以理據服人，以下舉例說明：

待修正文句	修正結果	說明
我認爲現代人太愛玩手機，卻忽略了閱讀的重要性，過度追求片面的影像資訊，卻未能透過閱讀知其所以然，將導致思考流於片面化。	根據誠品書店於2017年所作的調查顯示，臺灣人每年購買9本書，每周花6小時閱讀紙本書或雜誌，但也未否認現代人沉迷手機APP，已經影響了臺灣人願意閱讀閱讀時間。	待修正文句中的「我認爲」不具有普遍性，故改成調查數據取代主觀的我認爲，會相對客觀。
今日語文表達多習自網路、媒體，語彙淺白通俗，且冗詞贅句、辭不達意之「語言癌」的問題嚴	今日網路、媒體確實影響到現代人的語文表達。但我的觀點是，口語表達與書面語表達不同。根據	原文似是客觀，沒有主觀性的「我認爲」，但卻無法證明網路、媒體是語言癌的元凶。修改後，寫

⑧ 原書設有中、英句型對照，此處只借鏡其對中文寫作的參考，故省略英文句型，有興趣者可逕參考該書。Gerald Graff、Cathy Birkenstein著，丁宥榆譯：《全美最強教授的17堂論文寫作必修課》，頁81-86。

待修正文句	修正結果	說明
重影響到現代人的表達能力。	語言學的角度，口語不存在某些固定表達的形式，每個時期都有創新流行語，故不能用「語言癌」規範口語應完全符合文法。但書面語寫作非當面表達，在與讀者有隔閡的狀態下，應根據文法結構書寫，方能有效溝通。	作者提出自己的觀點，並援引語言學的角度，客觀分析口語表達與書面語表達的不同。

第三節　動詞的使用與限制

動詞主要表示動作行為，但受文體差異影響，書寫主軸是以人或人格化的記述、抒情為主？還是以說明、論辯事理為主？牽動了不同動詞的使用規範。寫作者若不會區分，如：以事、物為主的靜態文章就該用靜態動詞，但錯用動態動詞會使文章過於動感，不夠穩重；反之，以人為主的動態文章，應多加利用動態動詞表現人的動作情態，若使用太多靜態動詞，則會過於沉悶而無法彰顯人物的立體感。

如：劉承慧以動態類型為主的「事件句」，對比靜態類型為主的「主題句」而言：

> 行為句和變化句都常用於表述動態事件，因此合稱為「事件句」。不過行為句表述的動態更具有典型性，是因為主語的語義特徵之故。行為句主語是行為者……事件句與其他句式的對立，體現在篇章類型的對立。說故事的篇章屬於動態類型，大都由事件句連貫而成……如果是靜態篇

章，就由主題句連貫。⑨

> 若是就主語角色而言，「主題句」與「行爲句」相對立；若是就謂語特徵而言，「主題句」與「事件句」相對立。主題句普遍見於各種類型的文章。……主題句中的謂語中心語通常是特殊動詞……「是」、「有」、「在」及指涉發言者評斷的成分，在句子中充當謂語中心語的功能與普通動詞是一致的，只不過欠缺動態特徵。⑩

易言之，寫作者如未能區分文體，或未定位主語（詞）角色是以人或是事物爲主，易錯置主題句、事件句，使應以靜態爲主的主題句成爲動態的事件句，造成文章過於動態化或主觀化；相反的，若把應動態的事件句寫成靜態的主題句，便不能彰顯敘說的精彩。如以「舉例」二字爲例，若主語（詞）爲人，便可寫成「拿一個例子來說說看」；若主語（詞）爲事，則應寫成「舉例言之」、「例如」、「如」等，避免使用過多的動作動詞，像：拿、來、說、看等，以免敘述主體的動作性過強。

所以，寫作者得區分在不同情狀下，使用適合的動詞。劉承慧以「特殊動詞」、「普通動詞」區分，並指出其中差異：

> 「是」、「有」、「在」爲特殊動詞，經常用來表示「指認」。再者，指涉可能性、可行性、必要性、正當性的成分如「可能」、「可以」、「必須」、「應該」等，出示發言者的「評斷」，本書也按照當前趨勢把它們歸入特殊動詞，稱作「情態動詞」。

---

⑨ 劉承慧：《寫作文法三十六講》（臺北：翰蘆圖書，2016年10月），頁27-29。

⑩ 劉承慧：《寫作文法三十六講》，頁30-33。

普通動詞包含「行爲」、「變化」、「存現」三小類。前兩類指涉動態，例如「吃」、「跑」表述行爲活動，「吃光」、「跑掉」表述變化結果，都具備「時間」的特徵。相對於此的是指涉不變動狀態的「存有」、「蘊藏」之類。⑪

此外，他也說明「動詞謂語」的五種表述功能，分別是：

1. 表示行爲，總括外顯行爲及感知行爲。
2. 表示變化，也就是從舊狀態過渡到新狀態。
3. 表示存現，也就是不變動狀態。
4. 表示指認，如屬性、身分、時空位置等，如：在……（指認位置）、是……（指認身分）、有……（指認事況）。
5. 表示評斷，出示發言態度和立場，如：最……（價值評斷）、會……（可能性評斷）、可以……（可行性評斷）。⑫

其中表示「行爲」、「變化」兩類「帶有動態時間特徵」；另外「存現」、「指認」、「評斷」等三類則「不帶有動態時間特徵」。

歸整而論，書寫靜態文章時，應多加使用特殊動詞的「是」、「有」、「在」，還有不帶有動態時間特徵的「存現」、「指認」、「評斷」等三種謂語。動態文章則可多加利用行爲、變化動詞作謂語，以彰顯人物、內容的立體感。舉例說明如下：

⑪ 劉承慧：《寫作文法三十六講》，頁13。
⑫ 劉承慧：《寫作文法三十六講》，頁23-26。

待修正文句	修正結果	說明
想要一個人能夠活得快樂，就必須要減去他的欲望。就拿「品牌迷思」來說，很多人受到品牌迷思與自己的虛榮心的影響，不管自己能力足不足夠，也不管自己到底是需要還是想要，只要看到有新產品，就會想辦法找到，到最後反而讓自己陷入月光族的困境。	欲活得快樂，便需降低欲望。以「品牌迷思」而論，當人受此迷思與個人虛榮心所惑，便會排除萬難得到某物，而不思是否為需要或想要，終將陷入月光族的窘困。	原文過度使用表示行爲的普通動詞，顯得口語，且動態性強，不利於論說的表述，修改後，刪除所有普通動詞，只留下一個評斷謂語的「會」，文章亦由動態轉爲靜態，較能客觀論理。
當我們在做自己喜歡的事情時，可以放鬆的去做，但也要拿捏尺度，比如會不會去影響到他人，會不會因爲過度沉溺而傷害了身體，一定要留給自己休息的時間，否則超過了負荷，就會造成嚴重的傷害。	我們可以放鬆心情做自己喜歡的事，但必須拿捏尺度，比如：是否會影響他人，或過度沉迷於某事而傷害身體，故一定要保留休息的時間。	原文一口氣使用三個普通動詞，動態性過強，修改後保留了一個動態動詞，並加入一個評斷謂語的「會」，使文章轉向靜態化。同時，也刪除一些重複敘說之處，使文章表現更爲簡練。

第四節　以實證語詞取代修飾用的語詞

對於徵實性強的文章而言，過於「強化」、「強調」的修飾會使文章失眞，本節將針對「副詞」、「數量形容詞」兩種詞類的使用作說明。

首先，「副詞」用來修飾動詞或形容詞，說明行爲動作或狀態性質等，主要涉及了範圍、時間、程度、頻率、肯定或否定等的情況，有時也用以表示兩種行爲動作或狀態性質間的相互關係。⑬其次，「數量形容詞」很少，只有「多」、「少」兩個，當作定語時，要跟副詞結合，但後面不必加「的」，如：「很多書」，不用寫成很多的書。

舉例來說：「臺灣『曾經』是以農業爲主的社會」，該如何界定「曾經」的時間斷代？「此地居民『經常』受颱風影響而受災」，則受災頻率爲何？又如：「路口發生一起車禍，造成一人死亡」、「路口發生一起『嚴重的』車禍，造成一人死亡」、「路口發生一起『非常嚴重的』車禍，造成一人死亡。」又如：「『許多』人因爲不了解這個規定而觸犯法律」、「『少數』不同意的意見，延宕了工作的進度。」事件的輕重緩急易因修飾方法不同，觸發出各種不同的情感反應。這些語彙或文句因缺乏實證性，無法精準表意，自然降低了說服力，連帶使文氣薄弱。

愈強調精確性質的文章，就應以實證性的語詞取代修飾語詞，提升文意的精準度，凝鍊文氣，或少用修飾語詞，避免過度引導或聳動，而是以證據、道理服人。舉例說明如下：

待修正文句	修正結果	說明
現在這個社會裡很少有人能夠知足，被自己欲望帶著走的人太多，月光族就是從這裡出現的名詞，指薪水剛發下去到下一個發薪日前就把薪水花光的人。	「月光族」一詞的起源，係因欲望的想要與需要不能平衡，而導致每月薪水到下一個發薪日前，就把薪水花光的人。	原文中無法具體指出「很少」、「太多」的範圍，未能清楚表意，故修正後，把這些不夠精準的語彙都修飾掉。

⑬ 劉月華、潘文娛等著：《實用現代漢語語法》（北京：商務印書館，2006年4月），頁212。

待修正文句	修正結果	說明
我們這個時代的使命幾乎都是由科技所界定的，現在科技發達到機器人都開始出現了，也就意味著不久的將來，勞動類的工作會屍骨無存，為了賺錢，大家都把道德丟在一邊，地溝油就是經典的事件。	「科技發達」與「人的未來、道德」始終存在矛盾。首先，當科技取代勞動工作時，傳統產業與人力該何去何從？其次，當科技被人利用，成為不當獲利來源，如：提煉地溝油再次利用。人性是否會因利益驅使而泯滅道德良知？這是當代知識分子應關注的議題。	原文除了使用一些不確切的副詞，如「幾乎」、「都」（2次）、「不久的將來」，難以精準表意。同時兼有邏輯不通，層次不明的問題。如：勞動工作消失、把道德丟一邊，並無關聯，何以能一併討論？故修正後，先汰除這些修飾用的語詞，然後再將原敘述分層表述，使能層次分明，貫成一氣。

第五節　肯定或否定：是全稱還是特稱

「肯定」與「否定」存在著「全部與部分」、「絕對與相對」、「必然與或然」的落差，計有：全稱肯定、全稱否定、特稱肯定、特稱否定。其中，特稱肯定與特稱否定又有程度、多寡偏向之分，如：肯定多數但否定某部分，或否定多數但肯定少部分等。因此，口語表達、寫作過程中，需留意作為修飾程度功能的「程度副詞」，對後面的動詞或形容詞造成的文氣變化、影響。

譬如：「都」是表示範圍的副詞，總括前面提到的人或事物的全部，在句法上，用來修飾後面的動詞或形容詞，表示所限定的事物沒有例外地發生[14]，即全然肯定或全然否定。若未留意其涵蓋性，容易武斷或過度詮釋，如言：「現在學生都不用功」、「現代人都不好好

[14] 劉月華、潘文娛等著：《實用現代漢語語法》，頁213。

工作，只會玩手機。」再如「最」表事物比較的最高級，若未清楚事物性質或關係，亦會造成以上狀況，如言：「最能代表民意的意見領袖」、「最優秀的學生」，什麼樣的範圍內而能以「最」修飾，亦應界定清楚。

下任何判斷或書寫具有是非正誤的判斷句時，宜先確認全稱或特稱、特稱中的多數或少數、程度之輕重，方能客觀傳達觀點。這也是養成良好的思維習慣、表述，以及判別他人言語確實與否的重要方法，Gerald Graff、Cathy Birkenstein針對「同意」、「不同意」、「兩者參半」，分別從「表示不同意並說明理由」、「表示贊同，但補充一點不同的看法」、「正反參半，傾向不同意」、「正反參半，傾向同意」、「正反意見並存」等五類，擬列出基本句型如下，以供參考：

1. 表示不同意並說明理由

- X錯了，她忽略了________。
- X主張________，這是立基在________這個不確定的假設上。
- 我不同意X________的觀點，因爲最新的研究已經顯示________。
- X是自我矛盾的／不可能兩面兼顧。一方面，她主張________；另一方面，她又說________。
- X的論點聚焦在________，卻忽略了________這個更深的問題。

2. 表示贊同，但補充一點不同的看法

- 我同意________，因爲我________的經驗證實了這一點。
- X對________的見解絕對是正確的，因爲最新的研究顯示________，只是她可能還沒注意到這一點。

- X的＿＿＿＿理論極爲有用，因爲有了它，要解決＿＿＿＿＿＿這個難題，就有了相當樂觀的前景。
- 對這個學派還不熟悉的人，可能樂於知道它基本上可歸結爲＿＿＿＿。

3. 正反參半，傾向不同意

- A雖然我某種程度同意X觀點，我無法接受他認爲的＿＿＿＿全面觀點。
- 雖然我承認＿＿＿＿，我仍堅持＿＿＿＿。
- X說＿＿＿＿，這是對的，但她主張＿＿＿＿，好像有點說不通。

4. 正反參半，傾向同意

- 雖然X所說的我多半不贊同，我倒是完全支持他的最後結論，就是＿＿＿＿。
- X主張＿＿＿＿，這可能並不正確，但是她說＿＿＿＿，這是沒有錯的。
- 儘管X對於＿＿＿＿提出充分的證據，Y和Z在＿＿＿＿和＿＿＿＿上面的研究卻令我轉而相信＿＿＿＿。

5. 正反意見並存

- 關於X所主張的＿＿＿＿，我覺得各有道理。一方面，我同意＿＿＿＿，另一方面，我不確定是否＿＿＿＿。
- 我對於這個議題有點猶豫。我的確是支持X＿＿＿＿的立場，但是我發現Y關於＿＿＿＿的論點和Z對於＿＿＿＿的研究也都同樣有說服力。⑮

---

⑮ 原書設有中、英句型對照，此處只借鏡其對中文寫作的參考，故省略英文句型，有興趣者可逕參考該書。Gerald Graff、Cathy Birkenstein著，丁宥榆譯：《全美最強教授的17堂論文寫作必修課》，頁68-76。

上述可知，若欲進行客觀表述，得在可驗證之「前提」、「理由」下，如：假設、主張、觀點、方法、角度、理論……等，再判斷出是全然肯定或否定，部分肯定或否定，以理服人，提升文氣；而非受情感主導，形成「我喜歡」或「我不喜歡」一類的感性判斷。舉例說明如下：

待修正文句	修正結果	說明
劉墉曾說：「在平常的事物中，常能發現最深的哲理。」或許是因爲相同經驗的持續累積，我們才更了解自己在做什麼，從中發現到些微的變化，並去修正。	劉墉曾說：「在平常的事物中，常能發現最深的哲理。」正是因爲相同經驗的持續累積，我們才更了解自己在做什麼，從中發現到些微的變化，並去修正。	「或然性」的「或許是」亦可能「或許不是」，使得文句變得可有可無，缺乏實際力道，於是用「正是」帶有全稱肯定意味的語詞作更替。
在非洲有許多國家居住者一群沒有辦法自給自足的難民，他們沒有教育、沒有休閒，就連溫飽也都是奢侈的事，必須藉由其他國家的供給以及幫助才能過活。	世界上，有些生活水平落後的國家，其國民缺乏最基本的生存能力，如：飲食溫飽、基礎教育等，而必須仰賴他國援助。	待修正文句中，如何可證得「非洲」或「只有非洲」有一群無法自給自足的難民？明顯有地域偏見；此外，「沒有」教育與休閒則陷入全稱否定的偏見。因此，修正時，汰除偏見性的地域，再用模糊的、或然性質的「有些」爲形容。並將全稱否定的沒有，改成部分否定的缺乏，使能更爲客觀。 當然，這只是權宜的修正，最好的修正是能透過數據證明貧困與否的問題。

第六節　簡單表意替代術語表意

「術語」是各門學科中表示嚴格規定的意義的專門用語，使用術語能直截了當的表意，但過分使用術語看似專門專業，反無助於溝通，如：有時明明可使用簡單詞彙表意，卻硬要使用術語表意；或本非術語卻硬冠上一個術語的詞彙，想彰顯自己的專業。

如《經濟學人》雜誌寫作法特別強調簡單表意的重要性，指出：「兩件事絕不能做：用術語來使本來無聊的事情顯得重要；用術語來混淆事實，比如說：把平民傷亡叫作附帶損失。（collateral damage）。」最重要的是，寫作目的是溝通，非炫耀自己的專業能力，在非得使用術語的前提下，王爍也提醒：「使用術語就有責任解釋這些術語。如上所說，如果能解釋清楚術語，你多半用不著這些術語了；如果不能解釋清楚術語，很可能你沒有搞懂你在說什麼。這就不是術語的問題，而是你的問題。」⑯確然如此。

嚴謹的學術文章就更要根據術語的學術意義來使用，夏丏尊、葉聖陶便說：

> 有許多字眼，經過千萬人的傳説，它們的意義漸漸轉變，成爲庸俗的意義，和原義完全不相應合。如稱節省錢財爲「經濟學」，稱熱心公益爲「社會主義」，把自己的意見叫作「主觀」，把他人的意見叫作「客觀」，諸如此類，不一而足……但是在學術上，「經濟學」是什麼，「社會主義」是什麼，「主觀」是什麼，「客觀」是什麼，都有確定的界説。作學術文，唯有合乎界説的意義，才可以用這個字眼來表達它。讀者根據了字眼的界説來理解，才可

⑯ 以上皆參見王爍翻譯：〈經濟學人寫作法〉，「羅輯思維網頁」，https://luogicshow.wordpress.com/2017/05/02/%E3%80%8A%E7%B6%93%E6%BF%9F%E5%AD%B8%E4%BA%BA%E3%80%8B%E5%AF%AB%E4%BD%9C%E6%B3%95/。引用日期：2019年11月26日。

> 以不生歧義。否則作者和讀者之間沒有了公認的媒介，那學術文就說不上精密與精確了。⑰

因此，使用術語表面上似可使文章更加專業，但使用太頻仍而使術語降格為通俗的一般用語時，寫作者、讀者容易混淆該詞意所指究為一般文意還是專業文意？最終，術語失去原本的專業性，無法達到精密與精確的表意目的。

此規則還可以作為寫作通則之一。故作玄虛、掉弄書袋而自以為高妙，到最後內容晦澀難以溝通，莫不如簡單表意，中文寫作常見的類似語彙有「○○素養」、「○○理論」（指非成為理論的觀點或個人見解）、「○○學」、「○○策略」、「○○感」……等。

此外，現代白話文受英文文法影響，還常見「○○化」，如軍事化、標準化；或是「○○性」，如：或然性、現代性、重要性等語彙，語言學家王力（1900-1986）說：

> 「化」字——在英文裏，由名詞或形容詞變成的動詞，詞尾為-ze者，譯成中國文，往往加上一個「化」字作記號。

> 「性」字——凡英文由形容詞轉成名詞，詞尾為-ty，-ce，或-ness者，譯成中文，往往加有一個「性」字作記號。⑱

其一，「○○化」的記號文字有「使……成為……」的意味，故「這是一個標準的流程」、「這是一個標準化的流程」，看似相同，但前者是指這本來就是一個標準的流程，後者是指使過渡到標準化的流

---

⑰ 夏丏尊、葉聖陶：〈學術文〉，《文話》（臺北：如果出版社，2011年3月），頁168。

⑱ 王力：《中國現代語法》（上海：商務印書館，1947年2月），頁347-348。

程。其二，「○○性」是由形容詞轉成名詞，有些詞彙轉爲名詞後，會成爲專有名詞，如：「『現代』文化」、「『現代性』的文化表現」，前者單純是指現代的文化，後者「現代性」（modernity）則是社會學的專有名詞，不能濫用。

最後，美國著名的寫作教學者威廉・金瑟（William Zinsser）直指，這種刻意透過美化的方式包裝普通語詞的就是「贅字」，且廣泛出現在各個領域，他特別指出一些刪修的態度，頗值得反思：

> 你也可以鍛鍊出同樣的眼力，在寫作時找出贅字，然後毫不留情地裁剪。對那些可以捨棄的部分，你要心存感激；重新審視你所寫的每一句話：是不是每一個字都發揮了新的功能？有沒有任何想法可以用更精簡的方式表達？有沒有任何誇大、做作或趕時髦的文字？你是否對某些沒有用的字句感到難以割捨，純粹只是因爲你覺得自己寫得很美？精簡、精簡、再精簡。⑲

最後，舉例說明如下：

待修正文句	修正結果	說明
「安樂死」這個有關於生命權的指標性議題，不僅是社會性的議題，還兼及了倫理學、生死學、文化學等各層面的討論。	具生命權意義的「安樂死」，不僅是社會議題，還兼及了倫理、生死、文化等各層面的討論。	原文連續使用「指標性」、「社會性」等術語；以及「倫理學」、「生死學」、「文化學」等學科用語，煞有介事想提升或炫耀這段話

⑲ 威廉・金瑟（William Zinsser）著、劉泗漢譯：《非虛構寫作指南》（臺北：臉譜出版社，2020年8月），頁27。

待修正文句	修正結果	說明
		對「安樂死」議題的深刻度。修正後，內容平實許多。
國際難民潮對於願意接受難民國而言，會因爲種族、宗教、語言……等差異性，面臨實質性的社會問題，也會對一個國家的總體經濟指標產生莫大影響。	國際難民潮對於願意接受難民國而言，會因爲種族、宗教、語言……等的差異，造成社會問題，也會影響到一個國家整體經濟的發展。	原文中的「差異性」本非術語，只是加上一「性」字，欲形成類術語；此外，「總體經濟指標」（macroeconomic indicators）是經濟學的專業術語，原文是否必須使用此術語？則應在便於溝通前提下斟酌使用。

本講重點回顧

- 以具體示意取代「說」（Say）：徒以「說」（say）作引述易流於空泛，也很難如實代表他人的觀點、意見。因此，可使用「示意動詞」精確表意。但若引述對象非為現代人，或引述內容明顯為「事」而非為「人」時，則宜斟酌示意動詞的使用，以免過度詮釋。
- 個人主張與他人對話：非文學寫作是否應把（I say）帶入其中，各有不同見解。這除了視寫作者的寫作慣性而定，如何以理據服人，最是重要。
- 動詞的使用與限制：書寫靜態文章時，應多加使用特殊動詞的「是」、「有」、「在」，還有不帶有動態時間特徵的「存現」、「指認」、「評斷」等三種謂語。動態文章則可多加利用行為、變化動詞作謂語，以彰顯人物、內容的立體感。
- 以實證語詞取代修飾用的語詞：愈強調精確性質的文章，就應以實證性的語詞取代修飾語詞，提升文意的精準度，凝鍊文氣，以證據、道理服人。
- 肯定或否定：是全稱還是特稱：口語表達、寫作過程中，需留意作為修飾程度功能的「程度副詞」，對後面的動詞或形容詞造成的文氣變化、影響。下任何判斷或書寫具有是非正誤的判斷句時，宜先確認全稱或特稱、特稱中的多數或少數、程度之輕重，方能客觀傳達觀點。
- 簡單表意替代術語表意：使用術語表面上似可使文章更加專業，但使用太頻仍，而降格為通俗的一般用語時，會使術語失去原本的專業性，無法達到精密與精確的表意目的。

第四講

掌握文氣的方法（二）——調整句式改變文氣

教學目標

1. 透過調整句式結構，以掌握寫作文氣。
2. 體會不同表述方式，會呈現不同文氣。
3. 能分辨出口語表達與書面表達之異同。
4. 把握傳統形式，並借鏡英文寫作概念。

摘要

相較於掌握文氣方法的第一步驟偏重文詞修正，本講是第二步驟以「調整句式改變文氣」，且將著重歐西語句，尤其是英文對現代寫作的影響，以下分成五節，說明如下。

第一節，短句與長句，緊句與鬆句。說明句式的長短、內容的鬆緊在不同寫作類型的運用，以及對文氣的影響。

第二節，主動句與被動句。說明使用主動句、被動句對於文氣強弱的影響。

第三節，有效凸顯個人觀點。分別從讀寫立場、呈現觀點、舉例原則、引述方法，說明如何強而有力彰顯個人的觀點。

第四節，口語強調與書面判斷。口語表達重點的方式與書面語提升文氣的方式不同，故宜區分兩種不同方式，確切提升寫作文氣。

第五節，從中文寫作的起承轉合到英文寫作結構概念。進入全球化時代，英文作爲國際溝通的語言，其「結論在前，論述在後」的結構表述形式影響了中文寫作。

第一節　短句與長句，緊句與鬆句

句式的長短、內容的鬆緊會影響文氣的表現。文言、口語多短句，但現代受西化影響，白話文的長句愈來愈多，而長句可以承載更多的文法結構、表意內容，所以能表現複雜的內容。除了長短，一句話緊密度的高低也會影響思想、情感的表達。愈是理性、邏輯性強的文句，緊密度就高；反之，情感性強的文句緊密度就低。以下分別從長短句、鬆緊句、文言白話與長短句的關係、如何區分長短句、初學者面臨的句式問題等逐項說明。

首先，朱德熙（1920-1992）定義長句子有道：

> 普通人說話的時候用的句子是相當簡單的，等到作文或演講時，爲了要求準確，不得不加一些限制的或是修飾的詞句，或是把兩個或幾個簡單的句子綜合起來成爲規模比較大的組織，因此議論文的句子往往比劇本的對話長，小說裡敘事部分也往往比對話部分長。①

又如何辨別長短句，以及其作用，茲舉以下諸說以明：

> 所謂長短句是針對構成句子的詞語的多少、結構的複雜與否來說的，詞語多、結構複雜的句子爲長句，反之爲短句。因此，長句可以靠複雜的結構形成嚴密的邏輯，表現豐富的內涵和細緻的思想；短句由於其結構簡單、節奏短促、句式活潑因而表意簡潔明快。使用長句還是短句，是由語體和表達的需要決定的，書面語、議論多用長句，口語、抒情、描寫多用短句，有時長短句交錯使用。②

> 長句結構複雜、詞語多，信息載荷大，表意一般嚴密、精確，適於完成複雜的交際任務，但長句也有一些局限。由於長句結構複雜，信息量大，理解時間較長，因此不適於口語交際，多用於書面語交際或口語兼書面語的交叉領域。……因此，長句比較適合於主要表達理性信息、邏輯性要求高的交際領域。比如：科學語體中的學術論文、理論性強的政論文以及法律條文等等。文藝語體和實用語體類的話語，一般不適合用長句。
>
> 若要使話語組織得簡潔、明快、有力，就應構建字數少、結構簡單的短句。短句具有短小精悍、生動活潑的修辭功

---

① 朱德熙：《作文指導》（北京：北京教育出版社，2014年3月），頁90-91。

② 謝亞非主編：《大學寫作》（北京：高等教育出版社，2014年10月），頁17。

能，多適用於口語語體，如對話、演講等。③

由此可歸納出使用長句有以下四個特點：精確的語言、嚴密的邏輯、豐富的內容、細緻的思想，但文法結構也相對複雜。短句因結構簡單、節奏短促、句式活潑，而表意明快。二者各有特點，可據文意需求用之。④

此外，這也跟句式的鬆緊有關，陳汝東說到：

> 鬆句就是結構鬆散、信息分散的一組句子。而緊句，則是結構緊湊、信息集中的句子。顯然，句式的鬆緊是相對於確定的信息與其表現形式之間的關係而言的。鬆句往往是一組句子，緊句一般是一個或兩個句子。兩者具有相對關係。……鬆句往往出現在藝術語體或政論語體中，其交際任務除了傳達理性信息外，更主要的是傳達感性信息，重在話語的形象性。……相反，在一些重在傳輸理性信息，邏輯性很強的交際領域中，則多使用緊句。⑤

使用鬆句、緊句沒有優劣之分，而是在不同的寫作中，各有其功能。若是在具有藝術性質（即文學性）、政論性質的文章可多用結構鬆

---

③ 以上兩條參見陳汝東：《修辭學教程》，頁135-137、137。

④ 上述引文中，朱德熙、陳汝東對於「演講」該使用長句還是短句，觀點不一。朱德熙認爲應是長句多，陳汝東認爲該是短句多，這是從不同角度看待演講使然。朱氏以演講不等於一般說話，而以演講文句、內容必須有所設計、限定，故句式會比一般說話來得長且嚴謹而複雜。陳汝東則是在「如何能生動表達」的角度，強調結構簡單的短句能使話語簡潔、明快，比長句更能吸引注意。綜觀來看，演講的形式很多元，不能等概視之，但以上觀點則提醒了我們，宜注意長短句對口語表達的影響，面對不同的場合、對象，演講的方式不盡相同，要能隨時調整。

⑤ 陳汝東：《修辭學教程》，頁142-145。

散、信息分散的鬆句，因爲鬆句較能傳達感性的情感；若是理性信息、邏輯性強的文章，就應該多使用緊句，使文氣緊實而彌縫無間。例如：

1. 先秦《荀子‧勸學》曰：「白沙在涅，與之俱黑。」強調務必審慎選擇環境及交遊往來的對象。

2. 在先秦《荀子‧勸學》一文中，有句說是這樣說的：「白沙在涅，與之俱黑。」這是什麼意思呢？這便是告訴我們，一定要謹慎選擇生活的環境、交遊往來的對象，否則就好像白色的細沙混在黑土中，自然會變黑；而人也一樣，遇到不好的環境、朋友，也容易受影響而被帶壞。

第一例的解說既是緊句，也是長句，僅用了一句話便從環境、交遊二者詮釋了荀子的內容。第二例則是鬆句，且多用短句作解釋，文中摻入了一些口語，故花了較長的篇幅。

又如朱光潛（1897-1986）對比中文與歐西語文的特點，而謂：

> 最重要的是關係代名詞和關係聯續詞的缺乏，因此寫複合句頗不容易，西文所有的緊湊的有機組織和伸縮自如的節奏在中文中頗難作到。我們很少用插句的習慣，在一句話之中有一個次要的意思臨時發生，或是須保留某一個條件，或是須作一個輕淡的旁敲側擊，我們很不容易順著思想的自然程序與輕重分寸把它擺進那一句話裏；要把它說出，只好另來一句。這個欠缺使語文減少彈性和濃淡陰影。⑥

⑥ 參見朱光潛：《談文學》（臺北：智揚出版社，1986年），頁156。

要之，文言文的省略特性，與缺乏關係代名詞、關係聯續詞的特點，使得文言寫作大多句式短小簡潔，句子表意簡單。但當近代西方知識大量植入中國後，受知識傳播與翻譯影響，歐西語文逐漸影響到現代白話文的書寫方式，更重要的是書寫方式的改變，連帶會影響思考邏輯的改變。

至於如何區分短句、長句？舉例來說，如：蘇軾（1037-1011）〈賈誼論〉第一段云：「非才之難，所以自用者實難。惜乎！賈生王者之佐，而不能自用其才也。」這段話旨意是在論人有才能不難，但如何發揮其才能卻不容易，而慨歎賈誼（200B.C.-168B.C.）有才卻不能好好發揮。很明顯的，當中每一句話都只有一層意思，這就是短句。而何謂長句？如上文中，朱光潛提到「西文所有的緊湊的有機組織和伸縮自如的節奏在中文中頗難作到。」這句話是對比中西文的差異，然後提到西文有兩個特點，是中文難達到的：一是緊湊的有機組織；二是伸縮自如的節奏。朱光潛僅用了一句話就含括所有的內容，但我們卻花了五句話來拆解其意，而這就是長句。又好比這句話：「人之所以爲人而異於禽獸係因人是有一定禮節原則所組成之社會動物。」這句話先指出人與禽獸是有區別的，然後又說明差別在於人有禮節，而是從動物中，類分出的社會動物。

初階寫作者常會發生句子該短不短，或該長不長的問題，但這是兩種不良的寫作慣性所造成。

首先是「該短不短」。形成原因有兩種：一是不善於使用標點符號作分隔，使一句話過長。二是構思不清，想到什麼就寫什麼，使一段話拖得太長。兩個原因有時會伴隨出現，使得一句話或一段話參雜過多內容，又缺乏次第，無法呈現精確、嚴密、豐富、細緻等特點。此時宜析長句爲短句，方能清楚表意。

其次是該長不長。同樣有兩種原因：一是不善於使用長句、緊句，只會用基本句構表意。二是不知句式鬆緊、長短會影響文章氣勢。兩個原因同樣會伴隨出現，有時連用好幾句話只爲表達某一簡單意思，造成冗句過多，應汰繁就簡或彙整數句話成爲一句話，整合文氣。舉例說明如下：

待修正文句	修正結果	說明
現代科技發達，資訊流通全世界，連一步都不用走就能知道美洲、歐洲發生什麼事但任何事都有風險，不少人就利用這一點讓讀者去接收錯誤的資訊藉此達到他們要的目的。	現代科技發達，資訊流通全世界，但任何事都有風險，不少人利用這點，讓讀者接收錯誤資訊，藉此達到他們的目的。	這是「該短不短」中，不善使用標點符號的例證。原文最後一句話參雜太多內容，使得層次、表意不清，故修正時，將這句話分成三句話。此外，再刪除一些意思相近的冗贅文句，使內容更簡單俐落。
現代人總是希望自己能夠衣食無憂，希望「錢多事少離家近，數錢數到手抽筋」就是一個很貼切形容現代人夢想的話。殊不知每個人吃穿用度總是有限，每個人吃的飯量也是固定的，睡的床位又需要占多大的空間？所以老子說：「少則得，多則惑」就是最好的證明，在得到一件物品時，先思考是否是「需要」來確認不是因爲自己的欲望，盲目的想要則會造成自己的困擾。	現代人總盼望衣食無憂，希望工作、生活能「錢多事少離家近，數錢數到手抽筋」。殊不知一個人吃穿用度有限，過多欲望只會使人盲目於物欲競逐，反忽略人生還有許多精彩等待著我們。故老子說：「少則得，多則惑」，正是如此。	這是「該短不短」中，構思不清，想到什麼就寫什麼的例子。原文想到哪裡便寫到哪裡，使得主旨散逸。因此，修正時，先汰除口語、冗句，並調整其中的句式順序，以凝練文句，凸顯主旨。

待修正文句	修正結果	說明
在國中、高中時期又或者是求學階段，一定會有一項必作的項目，就是「打掃」，也就是打掃校園，不外乎就是每個班級規劃出一處區域，如：教室、走廊、花圃等等，作打掃、清潔等工作，有時還會進行評比的要求。	在求學時期，維護校園整潔是大家成長的共同經驗，也就是各班劃分區域清潔校園，校方還會有評比優劣的審核機制。	這是「該長不長」中，不善於使用長、緊句。從檢視待修正文句可發現，原文大多使用很基礎的句構所組成，且不懂得使用連接詞連綴，加上不懂得掌握說明主軸，且前後內容一再重複，使一個很簡單的說明變得複雜。修正時，除了以連接詞串連，再汰除意思重複的冗贅文句，以清楚表意。
也許比起從前，那樣顛沛流離的時代，知識分子的使命顯得偉大，而且沉重。相較於安逸的現在，我們仍然有必要肩負知識的使命。而那個使命是什麼呢？並不是要有什麼輝煌的成就，也不必成爲強悍的領導者，而是要有守護這個時代的決心，然後去付諸行動。	相較於生活在顛沛流離時代的知識分子。將面對更沉重的時代使命；而身處於現代安逸社會的知識分子，仍有必要肩負新的時代使命，即有守護時代□□的決心，並付出行動。	這是「該長不長」中，缺乏認知句勢之鬆緊、長短對於文章氣勢的影響。原文過多鬆句，使文氣散逸。故修改時，便整併原本的文句，使能簡單俐落。此外，文中有些文意不清之處，如「守護這個時代的決心」，到底要守護什麼？時代如何被守護？都應清楚界定。

第二節　主動句與被動句

現代中文有兩種被動意義的句子：一種是沒有任何標誌的，此類型的被動句與主動句沒有區別，稱為「意義上的被動句」，如：「碗（被）洗好了。」另一種是需加上被動意義的介詞，如：「被」、「叫」、「讓」、「給」等，而稱為「『被』字句」。⑦然而，現代中文因受到翻譯影響，被動句的用途變廣，有些本為主動式的句子便改成了被動式，如：「他被選上了班代」（被動句）／「他當選了班代。」（主動句）。⑧

寫作時，使用主動句比被動句更能提升文氣，英文寫作甚是重視主動語態，如：William Strunk Jr.《英文寫作聖經》強調：「經常使用主動語態能讓寫作有力許多，這並不限於以描述動作為主的敘事，而適用於各種文類。」⑨又如王爍翻譯〈經濟學人寫作法〉一文時，亦強調勿用「被」，他再補充道：「A打了B總是比B被A打了更清楚，但不止此。後一種句式出現時，很多時候只有B被打了，也是文法正確的句子，但A就消失了。」⑩而威廉・金瑟（William Zinsser）也說：「動詞是你最重要的工具。它們推動句子前進，增加

---

⑦ 劉月華、潘文娛等著：《實用現代漢語語法》，頁442。

⑧ 朱德熙：《作文指導》（北京：北京教育出版社，2014年3月），頁103。又如張志公說：「適當地吸收外國語文法中能夠容納於本國語、而且於本國語的發展有益的部分，是可以的，必然的，也是應該的。事實上今天的漢語裡，來源於外國語的影響而我們逐漸不太察覺的東西，已經相當多了。比較長的句子，比較多的修飾語，比較多的聯合成分，特別是運用虛詞連接的聯合成分，比較多的被動句，這一切都或多或少是受了西洋語言的影響才廣泛應用起來的。這類歐化句法，一般是先由翻譯作品介紹進來，逐漸影響了一部分人的寫作，寫作再影響了口語。」參見氏著：《讀寫一助》（北京：北京教育出版社，2014年3月），頁49。

⑨ 威爾・史壯客（William Strunk Jr.）：《英文寫作聖經（The Elements of Style）》（臺北：野人文化，2018年10月），頁74。

⑩ 王爍翻譯：〈經濟學人寫作法〉，「羅輯思維網頁」。引用日期：2019年11月26日。

句子的動力。主動語態推動的力道強，被動語態則拖拖拉拉；主動語態動詞讓我們看到動作，因爲主動語態需要代名詞（「他」）、名詞（「那個男孩」）或一個人（「史考特夫人」）來推動這個動作。」⑪

中文寫作亦可根據上述考量調整主動句、被動句的文氣差異。當然，主動句、被動句各有功能，誠如陳汝東說：「從修辭角度看，主動句和被動句的功能差異首先在於，兩者強調的部分不同。主動句強調使動者，被動句則強調動作的接受者……因此，選擇主動句還是被動句，可以調整修辭者要強調的信息點。……在實際言語交際過程中，選擇主動句還是被動句以及它們的具體形式，主要依據修辭動機、表達內容和語境。人們總是據此組織話語。」⑫故可根據不同情況，選擇適合的表達形式。

至於如何使被動文句改成主動句？中文被動句文法是把受事者放在主詞的位置，而動詞放置後方，如：「客廳整理過了」即「客廳被整理過了。」又如「小明被老師罵了一頓。」⑬若要改成主動句，便是將原本動詞放在受事者之前，如：「已整理過客廳了」、「老師罵了小明一頓。」該如何靈活運用主動句與被動句，文氣力道該強該弱，端由寫作者自行決定。

待修正文句	修正結果	說明
經過醫護人員努力搶救2個月，女童已完全康復，正尋找有心人領養，警方稱會尋找涉事父母控以	經過醫護人員努力搶救2個月，女童已完全康復，正尋找有心人領養，警方稱會以謀殺等罪名控告	原文使用被動句，將「涉事父母」放在強調位置。相反的，修正後的結果則是把敘事目的之「謀

⑪ 威廉・金瑟（William Zinsser）著、劉泗漢譯：《非虛構寫作指南》，頁90。

⑫ 陳汝東：《修辭學教程》，頁131-133。

⑬ 劉月華、潘文娛等著：《實用現代漢語語法》，頁442-443。

待修正文句	修正結果	說明
謀殺等罪名。當地兒童組織表示，因女童會被視爲經濟負擔，「殺害女嬰」的做法在當地社會仍普遍存在。	涉事父母。當地兒童組織表示，因女童會被視爲經濟負擔，「殺害女嬰」的做法在當地社會仍普遍存在。	殺」放在強調位置。擺放位子不同，強調重點便不同。
這件案子能夠被完成，是大家相互配合，通力合作才有的結果。	大家相互配合、通力合作，方能完成這個案子。	原文使用被動句，且將「果句」放在「因句」之前，強調的是案子的被完成。相反的，修正後結果則是還原成因果句，強調的是大家的配合與合作。

第三節　有效凸顯個人觀點

閱讀與寫作是一體兩面。懂得閱讀重點者落筆成文時，自能設想讀者預期的閱讀目標；相對的，善於書寫者也會清楚預設自己寫作目的，與思考便於讀者閱讀的方法。若缺乏對文句排列組合的認知，想到哪裡便寫到哪裡，易造成內容前後糾擾與矛盾。該如何排列組合個人的觀點，這裡指出四個常見問題：一是讀寫立場，二是呈現觀點，三是舉例原則，四是引述方法，以下依序說明。

其一，讀寫立場。此「立場」包括寫作者、閱讀者的態度、角色、責任等。寫作者書寫前應預設立場，如：要寫什麼，爲何而寫，如何而寫，爲誰而寫。這不能只根據寫作者想法，還必須顧及讀者，如夏丏尊、葉聖陶說：

我們寫作文字，當然先有讀者存在的預想的，所謂好的文字就是使讀者容易領略，感動，樂於閱讀的文字。諸君當執筆爲文的時候，第一，不要忘記有讀者；第二，須努力以求適合讀者的心情，要使讀者在你的文字中得到興趣或快悅，不要使讀者得著厭倦。……文字的好與壞，第一步雖當注意於造句用辭，求其明了；第二步還須進而求全體的適當。對人適當，對時適當，對地適當，對目的適當。一不適當，就有毛病。⑭

「預想讀者」不等於迎合讀者的趣味，而是要配合讀者寫出符合需求的文章。譬如：面對不同的情狀、事況，有不同文體的要求，若本該使用論說文說理、論辯，內容卻徒以記事、抒情爲主，就不符合讀者的預期。又如年輕寫作者常受勵志散文影響，卻未顧及閱讀對象、文體類型，常對長輩以上對下的方式勸勉，使人啼笑皆非。因此，夏、葉二氏特別著重要「對人適當，對時適當，對地適當，對目的適當」，並歸結出以下六個讀寫立場的要點，即：「誰對了誰，爲了甚麼，在甚麼地方，甚麼時候，用了甚麼方法，講甚麼話。」⑮也就是「五W一H」的概念。

其二，呈現觀點。當站穩讀寫立場後，緊接著是如何具體呈現自己的觀點，內容包括：對話對象、提出疑問、肯定什麼、否定什麼。換言之，即「我的對話對象是誰」、「我要提出哪些疑問或質疑」、「我要肯定什麼，且根據是……」、「我要否定什麼，且根據是……」等。一篇好文章會很直截了當呈現觀點，方便讀者迅速掌握重點。⑯

其三，舉例原則。舉例目的在證成觀點，而非敘述故事，如何簡

⑭ 夏丏尊：《文章講話》，頁67-68。

⑮ 夏丏尊：《文章講話》，頁68。

⑯ 參見李智平：〈「專業閱讀」教學策略與方法之建構——以臺灣警察專科學校國文課程爲例〉，《警察通識叢刊》第9期，2018年8月，頁66。

明扼要舉例並說明因由尤爲重要。當缺乏主線或未思考舉例目的，很容易溢出主線，而專注在鉅細靡遺的描述、敘寫例證內的人物經歷、事件經過，到最後不知所謂爲何。

論說文舉例大致可分成兩種情況：一種是作爲「論據」，目的是證成論點，論據篇幅不宜過長，亦不宜龐雜、與主題無涉。寫作者可把握舉例的三個原則：「舉例原因」、「提出例證」、「舉例目的」，大凡超出此三原則的內容便可汰除。而此三個原則亦可依據不同狀況，調動次序；也可根據實際舉例狀況，省略舉例原因或舉例目的。以下援引一例，採用不同舉例方式說明：

範例1：例證+原因+目的

（例證）推行節能減碳已刻不容緩，（原因）若未能逐步降低碳排放量，將導致地球暖化，海平面上升，連帶影響物種變化，亦會因溫度升高，以至於細菌孳生，使熱帶傳染病流行。（目的）爲能使後代子孫永續生存，除各國政府應摒除成見，制定相關因應對策，更重要的是從個人開始做起，利用自然能源以取代碳排放量大的能源。

範例2：原因+例證+目的

（原因）若未能逐步降低碳排放量，將導致地球暖化，海平面上升，連帶影響物種變化，亦會因溫度升高，以至於細菌孳生，使熱帶傳染病流行。（提出例證）所以，推行節能減碳已刻不容緩。（舉例目的）爲能使後代子孫永續生存，除各國政府應摒除成見，制定相關因應對策，更重要的是從個人開始做起，利用自然能源以取代碳排放量大的能源。

範例3：目的+例證+原因

（目的）爲能使後代子孫永續生存，除各國政府應摒除成見，制定相關因應對策，更重要的是從個人開始做起。

（例證）利用自然能源以取代碳排放量大的能源，並推行節能減碳，實已刻不容緩。（原因）若未能逐步降低碳排放量，將導致地球暖化，海平面上升，連帶影響物種變化，亦會因溫度升高，以至於細菌孳生，使熱帶傳染病流行。

範例4：例證+原因

（例證）推行節能減碳已刻不容緩，（原因）若未能逐步降低碳排放量，將導致地球暖化，海平面上升，連帶影響物種變化，亦會因溫度升高，以至於細菌孳生，使熱帶傳染病流行。

範例5：例證+目的

（例證）推行節能減碳已刻不容緩。（目的）爲能使後代子孫永續生存，除各國政府應摒除成見，制定相關因應對策，更重要的是從個人開始做起，利用自然能源以取代碳排放量大的能源。

讀者亦可比對上述各種方式，看哪一種方法最能直指核心，掌握要點。

二是作爲說明或議論前，人物或事件的描寫與敘述，譬如：針對某一社會議題的分析，分析前自然要將事件來龍去脈說清楚、講明白。雖然要清楚講述前因後果，也不能缺乏主線，而要有切入角度，如蔡柏盈針對學術寫作的描寫與敘述提到：

學術寫作常用的是「技術性描寫」。這種描寫，……描寫重點不在直觀印象的呈現，而是以資訊及知識爲取向，側重描寫對象的方位、狀態、樣貌、性質、效用等，文字風格趨向準確、客觀、專業。換句話說，技術性描寫是以說明爲目的……作者要依據目的，提供關於描寫物的各種資

> 訊，並根據描寫主軸，以合適的陳述次序呈現。描寫事物的狀態、樣貌，用意在說明物事如何構成、如何運作。總之，技術性描寫，不但讓讀者得到該事物的主要印象，加強讀者對該事物的概念，也能表達作者對此事物的觀察重心。⑰

上述擴延至非文學寫作中的其他類型寫作舉例亦可通。即「技術性描寫」的重點不在於寫作者直觀、情感的表現，而是從這些描寫與敘述得到可利用的資訊，達成分析的目的。因此，要明白側重點在於研究「對象的方位、狀態、樣貌、性質、效用」，文字風格也要「準確、客觀、專業」，故與一般記敘文、抒情文重修飾、強化情韻不同。

其四，引述方法。引述他人觀點是訴諸權威，證明內容的客觀性。但引述者要做好前後文的架構方能展現引述的價值，Gerald Graff、Cathy Birkenstein提出「引述三明治（quotation sandwich）」：上層爲引導爲文句，如某某人說；中層便是引述內容；下層則是寫作者的後敘說明，如同前一點提到的「舉例目的」。⑱以下援引他們「介紹引述內容」、「解釋引述內容」的範本架構以供參考：

1. 介紹引述內容

- X表示：「________。」
- 誠如知名哲學家X所言：「________。」
- 根據X的說法：「________。」
- X自己說：「________。」
- X在她的著作《________》裡，堅持「________。」
- X在《________》雜誌撰文，埋怨「________。」

---

⑰ 蔡柏盈：《從段落到篇章：學術寫作析論技術》（臺北：臺大出版中心，2014年2月），頁13。

⑱ Gerald Graff、Cathy Birkenstein著，丁宥榆譯：《全美最強教授的17堂論文寫作必修課》，頁54-55。

- X的觀點，是認爲：「________。」
- X是同意的，她說：「________。」
- X是不同意的，他說：「________。」
- X說：「________」，這使得問題更複雜了。⑲

2. 解釋引述內容
- 基本上，X是在警告________。
- 換言之，X是認爲________。
- X用這個說法，是要促使我們________。
- X證實了這句亙古名言：________。
- X的論點是________。
- X的論證本質在於________。⑳

舉例說明如下：

待修正文句	修正結果	說明
只因爲看上眼就買下來，沒有利用價值後就任意丟棄，病態的購買欲望早已蔓延在整個社會。自己買過的籃球鞋，卻覺得永遠少一雙好看的，這樣子不但會造成金錢浪費，也會讓	只因爲看上眼就買，沒有利用價值後就任意丟棄，病態的購買欲望早已蔓延整個社會。如自己擁有許多籃球鞋，卻永嫌不足，過度購買也造成經濟負擔。實應適可而止，將錢花在刀	原文想說明「想要與需要」之別，並透過自己因「想要」而非「需要」購買許多籃球鞋爲例。但文中又旁支出家人、家庭負擔等非必要內容，實已溢出主線；且前文剛講完家人，

⑲ Gerald Graff、Cathy Birkenstein著，丁宥榆譯：《全美最強教授的17堂論文寫作必修課》，頁55-56。

⑳ 原書設有中、英句型對照，此處只借鏡其對中文寫作的參考，故省略英文句型，有興趣者可逕參考該書。Gerald Graff、Cathy Birkenstein著，丁宥榆譯：《全美最強教授的17堂論文寫作必修課》，頁54-57。

待修正文句	修正結果	說明
家庭收入造成更大的負擔，要是能多點知足、滿足的心態，就知道購買時應該到什麼樣的階段應該適可而止，有需要的物品再進行購買，這樣不但環保，也不會造成家人的經濟負擔，有多的物資還能去幫助其他有需要的人。	口上，將欲望控制在需要而非想要。	後文又再重出一次類似內容，層次結構不明。修正結果係汰除溢出主線處之處，掌握舉例重點。
最耳熟能詳的人就是著名的菜販阿嬤陳樹菊了。自幼家境清貧，一肩扛起家計，扶育自己的家人，吃過的苦，肯定不少於常人，卻依然捐出努力依靠販菜且省吃儉用出來的金錢給需要的人們，她的所作所爲稱得上是無私的至高境界。因爲從中獲得了喜悅，所以樹菊阿嬤並不覺得損失了什麼，她透徹了「少則得」的眞正價值所在。	臺東菜販陳樹菊自幼家境清貧，當她有能力以後，常省吃儉用，捐錢給需要的人，也從中獲得了喜悅。她正是老子所云「少則得」的佳例。	原文係欲舉例闡述老子「少則得」的觀點。但原文花了許多篇幅描述陳樹菊家境如何貧困，又如何省錢捐助，這些描述非舉例直接目的，故可刪除。清楚提出例證，然後說明舉例原因、目的即可。
庫伯勒羅斯寫過一段令我印象深刻的話：「死亡可以視爲	庫伯勒羅斯認爲：「死亡可以視爲過度到更高的意識狀	原文偏抒情表意，調整後，透過「認爲」、「他的觀

待修正文句	修正結果	說明
過度到更高的意識狀態，死後仍然會有知覺、理解、成長。唯一失去的是已不再需要的軀體。一如春天來到時收藏冬衣。」對死亡與凋零，那迷惘的威脅或許不是我們最畏怕的。壓垮人心的，往往是選擇遮眼轉身，不願面對。	態，死後仍然會有知覺、理解、成長。唯一失去的是已不再需要的軀體。一如春天來到時收藏冬衣。」他的觀點說明死亡或許不是人們最畏怕的；而壓垮人心的，是選擇遮眼轉身，不願面對。	點說明……」讓引述更專業。

第四節　口語強調與書面判斷

口語表達會藉由一個敘事、有無、判斷等句型，強化前述表達內容，如：「人生不如意十之八九，我們應好好思考這句話的意義」、「每天晨跑，這是件非常重要的事情」、「成天打鬧嘻笑，不幹正事，眞是沒有意義。」這些語句除了強化，還兼具緩衝功能，口語表述至此時，可略作停頓，再緊接著後續表述。

當上述語句成爲書面語時，口語強化的句型有時竟成了缺乏表意力道的冗句。譬如：「……我們應好好思考這句話的意義」，到底思考什麼？何不直接改爲「『人生不如意十之八九』的意義是……」又「這是件非常重要的事情」，哪些事情很重要？莫不修改成「每天晨跑重要的是……」至於「……眞是沒有意義」一例，亦可直接說：「成天打鬧嘻笑，不幹正事對……沒有意義。」如此可省去不少冗句。[21]

---

[21] 李天命稱這種語句爲「闕義句」（mean-incomplete），其云：「在日常語言裏，有些句子以語法的標準來衡量時，可算是完整的語句，但從語意的方

簡單來說，欲使文句緊密，提升文氣，當使每句話肩負積極表意功能，做到減一句則上下文無法銜接，增一分但嫌冗贅。若回歸寫作目的是符合閱讀者之閱讀興味時，寫作者亦該考量前一點所及「讀寫立場」的關係，使文句張弛有度，鬆緊並存爲佳。舉例說明如下：

待修正文句	修正結果	說明
愛迪生（1847-1931）爲了追求更好的照明，在實踐的路上百般困惑，幸運的成爲了成功的例子，這是極少數，世上多的是困於追求欲望路上的人。	19世紀末，愛迪生爲了追求更好的照明，歷經無數次的失敗，最終發明了直流電燈泡。	原本的內容在口語表達無甚問題；但書面表達，其表意力道薄弱。若是非學術性、較爲普羅程度閱讀的文章，則尚可通；但若放在學術、專業度高的文章之中，文句便顯冗贅且散逸。
在生活中，我們常常會遇到選擇，而每一次的選擇又會讓人陷入一陣思考，當	在生活中，我們總會遇到各種選擇。若選項不多，可當下作出決定；若選項太	只是想簡單表達選擇多寡會對於判斷造成影響，但原文過於口語。而從書面表

面來看，這些句子是不完整的。換句話說，這種句子的形式結構（語法）雖然完整但其意義內容（語意）卻並不完整。」同樣的，他也指出闕義句並非不能使用，得視情況而定，其言：「只要當時的文意夠清楚，闕義的句子反能令用語簡潔，使我們可省去一些語意完整但卻冗長累贅的陳述。這是闕義之利。至於闕義之弊，則是當文意不清的時候，這種句子是會迷亂別人（甚至自己）的思想的。」要之，不是每句話都得要緊密無間，過於緊密則會因爲一句話內夾雜過多的語意、內容，予人壓迫感而不易閱讀，故前後文意清楚時，放入一些闕義句可使用語簡潔；但前後文意不夠清楚時，使用闕義句只會讓內容更混淆。參見氏著：《語理分析的思考方法》（臺北：鵝湖出版社，1993年3月），頁38-41。

待修正文句	修正結果	說明
選項不多時，我們可以立馬作出決定，而選項多時，我們會在心中考慮許久，選項中可能有許多技能、知識或結果是我們想要得到的。	多，總讓人陷入選擇哪些利己與否的兩難。	達觀之，一如上例，端看從什麼樣的閱讀視角，以評斷是否有冗贅而散逸的問題。

第五節　從中文寫作的起承轉合到英文寫作結構概念

傳統中文寫作有起、承、轉、合，循序漸進經由層層思考、論辯，最後於結尾彙整出一個結論，此法有利於論說文寫作，而現今指導論說文寫作也不脫此架構。但英文寫作架構強調結論在前，論證在後，直接掌握文章核心，至於是否需檢視其論點，則由讀者自行決定。二種方法代表不同的思維表達模式，本無優劣，只是當寫作者的閱讀對象不再只是華人文化圈，而盼能接軌國際時，則不免得思考接軌國際的寫作方法。以下分成兩點思考結構轉變的意義與方法。

一、起、承、轉、合的源起與檢討

非文學寫作該有怎樣的結構？傳統中文寫作有「起、承、轉、合」之說，這種程式化寫作的訓練可上溯至唐代帖經、應舉詩，到了宋代，罷詩賦而改經義策論取士，慢慢有了「冒、原、講、證、結」的結構：「冒」即義頭，即概括全文主旨；「原」是原題，即分說題意本原；「講」是入腹，是對題意的發揮；「證」是引證，是引用古書的話或別的事例來論證；「結」乃結題，即結論。此法一直沿用到明初，明中葉以後則演變成了八股文，直至清末。[22]

民初白話文運動興起，開始反省八股寫作太重視形式，缺乏實

[22] 張志公：《讀寫門徑》（北京：北京教育出版社，2014年3月），頁96-97。

質內涵之失。[23]如章衣萍批評道：「『起承轉合』的本來目的，是在求文章的統一（Unity），本來的意義是不錯的。但法子是死的，人的心是活的，要用一個法子籠盡天下的文章，像八股文一樣，就成了形式，沒有思想，也就失去了結構的本來意義了。……所以『起承轉合』的結構是應該打倒的了！……其實，結構哪有一定的！善於作文的人，應該知道一篇文章有一篇文章的結構方法。……古人所謂『文成法立，文無定法』，本來也是有所感而言的。」[24]因此，他認爲結構無通例而有通則：一是統一（Unity），二是平均（Proportion），三是聯結（Coherence）。[25]其觀點亦符合現今寫作通則。

但「起承轉合」是否一無是處？張志公（1918-1997）認爲此法適用於一般議論文寫作，他說：

> 無論是「冒、原、講、證、結」，或者「破題、承題、分股、大結」，或者「起、承、轉、合」，定成死板的公式當然是錯誤的，但是如果理解爲一般議論文的結構特點，則是基本上符合事實的。因爲議論文的結構，概括起來說，總不外乎反映提出問題、論述問題、得出結論這三個基本的步驟，而論述問題又往往需要從正反兩面來進行。「冒、原」「破題、承題」「起」那些名目，無非都是提出問題、導入主題的部分；「講、證」「起講、分股」「承、轉」無非都是論述問題、發揮主題的部分；其餘則是得出結論的部分。提出問題、論述問題、得出結論，

---

[23] 如唐弢說到八股文寫作特點，有言：「……全文都用古人語氣，代古人立言，只有在最後這幾十個字裏，才可以借題發揮，或評時事，或抒己見。但後來又恐怕『反動』思想混進這幾十個字裏去，所以出了命令，不准再談時事。作者既不願招惹是非，影響功名，結尾又無可發揮，只好收住拉倒，連題外話也沒有了。」參見氏著：《文章修養》，頁41。

[24] 章衣萍：《作文講話》，頁64-67。

[25] 章衣萍：《作文講話》，頁67-71。

> 可以有種種方法，應該根據文章的性質、對象、目的來考慮，定出公式和框架是不對的；但是要求初學者熟悉並且掌握議論的基本步驟和基本方法，還是需要的，對於初步培養學生的思維條理也是有益的。㉖

「起承轉合」結構概念符合議論文，甚至是論說文的寫作原則，故可作為初學議論文者的基本學習方法。但如何達到這四個層次的寫作法，張志公則以不同對象有不同寫作方法，不宜被框架住。但當後世寫作文體愈分愈細，界域愈來愈分明，寫作的「公式」、「框架」反而愈來愈清楚。只是思想、情感的確不該被限定，如何在彼此共識、約定俗成的公式、框架下，有條有理呈現思想、情感，是當今的非文學寫作尤須注意者。

二、借鏡英文寫作的結構方法

可從兩個層面看待借鏡英文寫作結構的正面意義。其一，實際溝通應用，如：商業溝通、限時的簡報溝通時，要以最短時間傳達己意，是否仍該以起承轉合為序？其二，若溝通對象擴大為國際人士，是否還堅持傳統中文寫作模式，或應以溝通的最大公約數為基準？誠如劉美君說：「因此，中英文雖有不同的講究，但在現代化社會講求效率的前提下，文章的脈絡也會受到影響。在步調快速的工商時代，中文的商業書信、新聞報導、學術論文中，往往也會注入『開門見山』、『重點明確』的元素。」所以，借鏡英文寫作結構概念實有必要。

首先，劉美君從結構到文化，對比中英寫作的「主旨」位置，提到：

> 學生之所以覺得thesis statement困難，是因為中文寫作中沒

㉖ 張志公：《讀寫門徑》，頁100。

> 有這樣的習慣。英文寫好「重點先講」、「主從分明」，但中文恰恰相反，重點通常要到最後才出現……中文借景寓情，越不直接，越有美感；但英文強調直接了當，廢話少說，重點先講。中英寫作上的根本差異，清楚反映了兩個語言獨特的語言差異。語言反映文化，文化影響語言。一般而言，「有話直說、先講主旨」的溝通習慣也成了英語人士思考、認知、待人處事的習慣。㉗

中英文寫作最大的不同，在中文寫作如同倒吃甘蔗，將重點、精華留在最後，英文是將重點或結論置頂先行，先讓讀者知道結果，其他的論證過程則置於後，想看與否留待讀者自己決定。如果只要知道這篇文章在講什麼，前面段落已述明主旨，後文可略而不看；如需驗證該文邏輯是否正確、論證過程是否有瑕疵，再行細讀。

誠如蔡柏盈分析中文學術論文段落寫作方法，亦採用英文寫作方法，他分析每個「段落結構」的寫作，而謂：

> 段落結構可區分爲主旨句、段落發展及結束句（結論句）。幾乎每個段落都會有段落主旨句，用意在彰顯此段落的主旨或走向，也就是讓讀者對段落主題有一些預期，並使這個段落語意得以聚焦。……除了段落主旨句與結束句，段落其餘部分，就是發展句，其功能在於支持、發展、充實段落主旨，寫作時，段落發展句應該充分扣緊段落主旨句。因應不同的主題，段落發展句的排列通常有一定的邏輯順序，例如時間、空間、因果、比較與對比、前後轉折等。至於段落尾端的句子稱爲結束句。通常結束句會帶有收束、評價、或論斷之語意，相當於段落的小總

㉗ 劉美君：《英文寫作有訣竅！三句話翻轉英文寫作困境》（臺北：聯經出版社，2014年10月），頁85-86。

結。如果是多個段落的文章，有時候結束句除了結束本段話題外，還會做爲開啓下段與意的橋樑。㉘

故一個段落應有三個層次：「主旨（題）句＋段落發展＋結束句（結論句）」。首先，「主旨句」（topic sentence），劉美君則稱爲「主題句」（以下改稱主題句，以區分「主旨句thesis statement」），也就是一篇文章或一個段落的起首句，主題句肩負整篇文章或整段話的主題，要透過一個主控點（controlling idea）來決定後文走向、內容。㉙

其次，段落發展就是根據主題句來發揮，誠如上述，一定要有邏輯順序。

最後，結束句（結論句），劉美君稱爲主旨句（"Thesis statement"），作爲一段話或一篇文章的總結。就一段話來看，即用來總結該段或總結後再開啓下段；若就一篇文章來看，主旨句可作爲文章中最重要的摘要提示，其總結了作者的立場，扼要說明全篇的論點主旨，所有段落都要圍繞它，最後要介紹後面段落的出場，有「提綱挈領」、「承上啓下」的功能。㉚

㉘ 蔡柏盈：《從字句到結構：學術論文寫作指引（第二版）》（臺北：臺大出版中心，2017年2月），頁134。

㉙ 劉美君說：「首先要了解『破題』之後必須『控制』文章走向，所謂主題句就是最直接點出主題並爲主題定調的那句話，要有一個明確的主控點（controlling idea），才能確定主題的走向，也才能決定『延續』的內容，知道要加入什麼樣的『具體細節』。定調之後，再具體鋪陳！臺灣學生在思考及寫作上，常犯了『重點不清』或『言而無據』的大忌。問題就在於缺乏控制文章走向的『主控點』，或是缺乏支撐這個主控點的相關細節。洋洋灑灑的作文中，不但要說出最重要的話，也需要補充最具說服力的『證據』，才不至於空泛無力。最給力的論述需要最給力的論點與證據，而證據如何提供？在於先確立『主控點』，然後才知道要描述哪些『具體的細節』！」參見氏著：《英文寫作有訣竅！三句話翻轉英文寫作困境》，頁62。

㉚ 劉美君：《英文寫作有訣竅！三句話翻轉英文寫作困境》，頁85-86。

故英文寫作的「G-S-G」結構概念，可作爲全篇文章第一段總結全文的原則，亦可作爲每個段落的寫作原則，還可作爲三段式文章的段次結構：

- 一篇文章的「G-S-G」

G－Topic sentence　主題句 ──▶ 點出主控點
S－Supporting detail　延伸句 ──▶ 支持主控點的細節
G－Thesis statement　主旨句 ──▶ 摘要說明主旨

- 一個段落的「G-S-G」

G－主控點爲何？ ──▶ 最重要的話
S－進一步的細節爲何 ──▶ 具說服力的證據
G－概括結論爲何 ──▶ 印象深刻的總結

- 三段式文章段次結構的「G-S-G」

G－General introduction ──▶ 整體介紹
S－Specific details ──▶ 具體細節
G－General conclusion ──▶ 整體結論[31]

最後，蔡柏盈列出兩種主旨句寫作技巧，可作爲參考：

- 帶出段落走向：指出段落主題＋指出段落走向。
  即指出段落走向的主旨句，會先提出段落主題，並預示這個段落將以何種邏輯組織方法去分析討論段落主題。如：「前面提到的『都更陷阱』，這裡要進一步解釋都更陷阱如何產生。」

㉛ 劉美君：《英文寫作有訣竅！三句話翻轉英文寫作困境》，頁79、95。

➤ 總括內容：指出段落主題＋總括段落論點或內容。

總括內容的主旨句，除了點出段落主題，還會預示段落主要論點或內容。如：「目前迷文化的研究，多集中在『迷文本的特性』、『高級文化（有別於流行文化）的迷』、以及『迷的展演行爲』三方面。」㉜

以下舉例說明：

待修正段落	修正結果	說明
完備的教學方法有助誘發學生學習動機。唯教學係一動態活動，難以偏概全評估各教學方法之優劣。然「教」之主控權操存於教師本身，教學前的教案設計，教學過程中之修正，乃至於課後反省，皆不可忽視。本文在眾多教學方法中，欲以大學國文課程中的「合作學習法」作討論、分享主軸。	【主題句】教師是「合作學習法」施行成功與否的關鍵因素。【延伸句】教師若缺乏、忽略操作技巧，既難達成預期教學效果，學生也會疲於應付而心生厭倦。故本文將以大學國文課程的教學活動——「讀書會」、「口述歷史與人物專訪」、「活動企劃書」之課程設計爲例，說明教師施行該學習法的教學前、中、後，該如何擬定教案、隨時調整、課後反省等方法。【總括內容之主	原文以寫作者表達想法之先後爲書寫脈絡。但主線不明，一開始強調「教學方法」、「教學活動」，而非題目——「合作教學法」的教案設計與教師角色定位，不能有效表達文章主旨，一直到結束語時，才提出研究重點。 修正後，主題句直接指出「教師」、「合作教學法」間的關係。再於延伸句提出完整的說明，包括：大學國文課程、三種合作學習法的教

㉜ 蔡柏盈：《從字句到結構：學術論文寫作指引（第二版）》，頁135-136。

待修正段落	修正結果	說明
	旨句】冀能歸納教師在施行該法時應掌握的教學原則，作爲將來設計各種合作學習法教學活動之參考。	學活動、教案設計與教師角色定位之檢討。最後於主旨句中，摘要並總括主旨強調的論點作結。
《西遊記》是一本家喻户曉的白話章回小說，以唐玄奘西天「取經」爲故事主軸，內容則大談神魔鬼怪。《西遊記》情節即是順著一關關降服妖魔展延進行的。自第六回開始，悟空大鬧天庭，觀音特從南海來擒猴，雖然並未眞使上力，但祂的出現和悟空的交鋒，爲後來情節預留了伏筆；第八回時，觀音奉佛祖之命，到東方尋覓取經之人，途中遇見被壓在五指山下的悟空，令他保護路過的三藏往西天取經，如此一來，故事構型漸漸完成，取經之路就此展開。八十一難中難以降伏的妖怪也是靠觀音的力量得以化解。祂的	【主題句】本文將分析白話章回小說西遊記中的觀音形象。【延伸句】觀音是玄奘西天取經過程中，開啓故事發展的重要角色。首先，從第六回孫悟空大鬧天庭，再到第八回觀音放出被壓在五指山下的孫悟空，令他保護玄奘往西天取經，故事構型逐漸完成，取經之路就此開展。其次，但凡取經過程難降伏的妖魔鬼怪，多靠觀音來化解。祂的出現使情節發展得以延伸，也顯現出民間信仰中大慈大悲，救苦救難的形象。【帶出走向之主旨句】故本文將依序對比佛典、《西遊記》，以分析「宗教」與「世俗文化」對觀音形象	原文以按敘述先後爲書寫脈絡，先略提及《西遊記》的情節發展，而後點出觀音對於情節發展的重要性，最後才提及研究方向。 修正後，主題句直接點出全文書寫目標。再於延伸句中，說明觀音對小說情節發展的重要性，最後於主旨句中，點出研究重點，並預示後文將如何開展的脈絡以及走向。 對比修正前後，修正後直接闡明主題，並刪除非必要枝微末節的敘事，表意簡單俐落，且層次分明。

待修正段落	修正結果	說明
出現使情節發展得以延伸，也顯現出民間信仰中大慈大悲，救苦救難的形象。本論文的重心，即是針對觀音形象作一討論，從佛典的觀音開始論述，其次是《西遊記》中的觀音形象，並從多方面的角度，以了解這個角色在情節上與當時民間意義上的意涵。	認知之異同。	

本講重點回顧

- 短句與長句：文言、口語多短句，但現代受西化影響，白話文的長句愈來愈多，而長句承載了更多的文法結構、表意內容，故利於表現複雜的內容。使用長句有以下四個特點：精確的語言、嚴密的邏輯、豐富的內容、細緻的思想，但文法結構也相對複雜。短句因結構簡單、節奏短促、句式活潑，而表意明快。二者各有特點，可據文意需求用之。
- 緊句與鬆句：緊密度的高低，也會影響思想、情感的表達。具有藝術性質（即文學性）、政論性質的文章可多用結構鬆散、信息分散的鬆句，因爲鬆句較能傳達感性的情感。理性信息、邏輯性強的文章，就應該多使用緊句，使文氣緊實而彌縫無間。
- 主動句與被動句：寫作時，使用主動句比被動句更能提升文氣，而主動句強調使動者，被動句則強調動作的接受者，寫作時可根據需要，選擇使用主動句還是被動句以調整文氣。
- 讀寫立場：寫作者書寫前應預設立場，如：要寫什麼，爲何而寫，如何而寫，爲誰而寫。這不能只根據寫作者想法，還必須顧及讀者。
- 呈現觀點：當站穩讀寫立場後，緊接著是如何具體呈現自己的觀點，內容包括：對話對象、提出疑問、肯定什麼、否定什麼，一篇好文章會很直截了當呈現觀點，方便讀者迅速掌握重點。
- 舉例原則：舉例目的在證成觀點，而非敘述故事，如何簡明扼要舉例並說明因由尤爲重要。而論說文舉例大致可分成兩種情況：一種是作爲論據，目的是證成論點，論據篇幅不宜過長，亦不宜龐雜、與主題無涉。二是作爲說明或議論前，人物或事件的描寫與敘述，要清楚講述前因後果，也不能缺乏主線，而需注意切入角度。

- 引述方法：引述他人觀點是訴諸權威，證明內容的客觀性。但引述者要做好前後文的架構，方能展現引述的價值，Gerald Graff、Cathy Birkenstein提出「引述三明治（quotation sandwich）」：上層爲引導爲文句，如某某人說；中層便是引述內容；下層則是寫作者的後敘說明，可供參考。
- 口語強調與書面判斷：書面判斷與口語表達不同，書面表達欲使文句緊密，提升文氣，當使每句話肩負積極表意功能，做到減一句則上下文無法銜接，增一分但嫌冗贅。
- 從中文寫作的起承轉合到英文寫作結構概念：中英文寫作最大的不同，在中文寫作將重點、精華留在最後，英文是將重點或結論置頂先行，先讓讀者知道結果，其他的論證過程則置於後，想看與否留待讀者自己決定。
- 英文寫作的「G-S-G」結構概念，可作爲全篇文章第一段總結全文的原則，亦可作爲每個段落的寫作原則，還可作爲三段式文章的段次結構。

第五講

掌握文氣的方法（三）——以修辭法強化氣勢

教學目標

1. 明辨文學創作、非文學寫作對修辭的不同訴求。
2. 釐清何謂「消極修辭」、「積極修辭」。
3. 理解哪些修辭可作爲強化氣勢之用。

摘要

本講將講述如何透過不同的修辭法，提升文章氣勢之道。文學創作與非文學寫作有不同的修辭要求，文學創作藉由修辭提煉文章的美感，形象化表述的內容；非文學寫作則重徵實性的表達，修辭對非文學寫作是充要而非必要條件，平鋪直敘、簡淺明確是最佳的表達方式。儘管如此，某些修辭具有強化文氣的效果，如能善加利用這些修辭技巧，可讓文章耳目一新。以下將分成五節六種修辭方法，各節依序是：「第一節排比法」、「第二節對偶法」、「第三節層遞與聯鎖法」、「第四節頂眞法」、「第五節設問法」。

引言

「非文學寫作」以清楚表意爲目的，如何在既有文章基礎上，進一步以修辭凝練文章氣勢？哪些修辭有助於非文學寫作的氣勢？哪些可能偏重美感反而模糊了直接表意？以下分別說明。

修辭目的是提煉書寫時的藝術性，增強情意，如學者黃慶萱提出對修辭學的四點認識，分別是：「一、修辭的內容本質，乃是作者的意象。二、修辭的媒介符號，包括語詞和文詞。三、修辭的方式，包括調整和設計。四、修辭的原則，要求精確而生動。」[①]簡言之，修辭是經過設計，由精確且生動的語詞、文詞，傳達出寫作者的情意，並與讀者產生共鳴。[②]

---

① 黃慶萱：《修辭學（增訂三版）》（臺北：三民書局，2002年10月），頁5-12。

② 如黃慶萱總結修辭學的定義有言：「修辭學的定義應該是：修辭學是研究在不同語境下，如何調整語文表意的方法，設計語文優美的形式，使精確而生動地表達出說者或作者的意象，期能引起讀者之共鳴的一種藝術。」參見氏著：《修辭學（增訂三版）》，頁5-12。

又何謂「精確而生動」？黃氏解釋道：「大致上說，科學的書說明或記述僅僅要求精確。它以平實地傳達客觀之眞實爲目的，力避主觀的色彩。而文學的語言或作品除精確之外，更要求生動。它以藝術地表現直覺的感受爲目的，雖然也以客觀的經驗作根據，卻不十分受客觀的約束。」③面對不同文體寫作，修辭要求也不盡相同，文學創作透過修辭傳達出感性的感受，非文學寫作要求精確，而非生動。

另如晚清民初學者陳望道（1891-1977）則以「消極修辭」定義非文學文章的修辭，他說：

> 記述的境界，如科學文字、法令文字及其他的解說文等，都以使人理會事物的條理、事物的概況爲目的。而要使人理會事物的條理、概況，就須把對象分明地剖析，明白地記述。所以這一方面的修辭總是消極的，總拿明白作它的總目標。而要明白，大抵應當：(1)使它沒有閒事雜物來亂意；(2)沒有奇言怪語來分心。所以所用的語言，就要求是概念的、抽象的、普通的，而非感性的、具體的、特殊的。因爲概念的、抽象的、普通的語言，纔能使它的意義限於所說，而不含蓄或者混雜有別的意思：若用感性的具體的特殊的語言，那就無論如何簡單，也總有多方面可以下觀察、下解釋，而且免不了有各自經驗所得的感想附雜在內，要它純粹傳達一個意思，實際非常困難。又所用的語言，也須是實質的、平凡的；不是華麗的、奇特的。④

此外，他更從「內容」、「外形」指出四個修辭標準，即：內容上的「意義明確」、「倫次通順」；以及外形上的「詞句平勻」、「安排

③ 黃慶萱：《修辭學（增訂三版）》，頁9。

④ 陳望道：《修辭學發凡》（臺北：文史哲出版社，1989年1月），頁56。

穩密」。後人徐芹庭據此鋪陳出第五個修辭標準「語句純正」。⑤根據陳、徐二氏對「消極修辭」的定義與解說，非文學寫作只需精準傳達意見、想法或觀點、論點，與「積極修辭」以各種修辭格使人感受文章、文學的美感相對。

所以，消極修辭的重點是鍛字鍊句，說得通即可。故徐芹庭以改字、刪字、練字、增字四者爲消極修辭法，依序說明如後：一、「改字法」：將詞文中平庸生硬，虛浮悖理之字，改易爲雅潔莊麗，穩健妥貼之字。二、「刪字法」：刪去多餘之語意，以求字句之簡捷，與夫意境之高妙者也。三、「練字法」：夫贅字屬篇，必須練擇，遇二名同實者，必須變化，有重複處，必須避開，有忌諱嫌疑處，必須諱避。四、「增字法」：增字者增加詩文之字，以使詩文之詞句更美、語勢更壯，聲調更爲雅麗者也。⑥

陳、徐二氏所言確然，非文學寫作不必以修辭擾亂、混雜文意，簡單表意即行。文句愈淺練緊實，愈少不必要的詞彙文句，愈能傳意溝通。然如徐芹庭之改字、增字者，亦爲修練文句雅正，文氣壯盛之法。

又好比陳汝東從句式的散整批配，對比字數或音節、結構相同或相近、語義相關的「整句」，以及與之相反的「散句」，指出：

> 整句在人類交際或傳播活動中具有重要作用。整句不但可以增加文勢，調節話語的整體風格，同時還具有高度的概括力，易記易傳，經常被用來概括政治理念、社會準則等。……散句的特點在於長短、結構參差不齊。因此，無論是視覺還是聽覺，都具有錯綜的修辭效果。這在各種交際領域中都有體現。如果說整句是一種刻意的修辭追求，

⑤ 陳望道：《修辭學發凡》，頁57-73、徐芹庭：《修辭學發微》（臺北：中華書局，2015年11月），頁26-33。

⑥ 徐芹庭：《修辭學發微》，頁34-49。

> 那麼，散句就是一種自然的狀態。日常言語交際、文學創作、科技論文、新聞傳播等各種交際領域，都是散句多於整句。即使存在微觀上的整句，在宏觀的語篇層次，也多是長短相間的。⑦

何時該用整句或鬆句，要根據場合、文體而定。如陳氏所言，「整句」既可增加文勢，又有高度概括力，有時是刻意追求修辭效果；「散句」因爲長短、結構參差，而生錯綜的效果，也更偏向自然的狀態。

至於本套書講述的非文學寫作，尤其論說文便以散句居多。但並不是指論說文不能用整句，而是使用整句與否爲充要而非必要條件。有時刻意使用一些整句／修辭，提升文章氣勢、概括力，反可成爲文章亮點，常見者如以整句來書寫標題細目，如：「一、團隊公益重於一己之私。……二、現有資源重於好高騖遠。……三、協調磨合重於剛愎自用。……。」即是。故本點節選的修辭法亦主增強文句氣勢，而非個人主觀感受、藝術性、美感。

最後，針對不同的修辭形式，黃慶萱分成「表意方法的調整」、「優美形式的設計」二類，共三十種修辭格。與強化氣勢有關的形式設計者共十種，分別是：類疊、對偶、回文、排比、層遞、頂眞、鑲嵌、錯綜、倒裝、跳脫等。另黃永武《字句鍛鍊法》談鍛句的方法中，述及「怎樣使文句有力」提出誇飾、呼告、疊敘、重複、排比、直陳、節短、凝練、層遞、聯鎖等十種修辭；⑧再於「怎樣使

---

⑦ 陳汝東：《修辭學教程》，頁139-141。

⑧ 黃永武說：「怎樣才能使文句有力呢？用誇飾的方法來聳動讀者的視聽；用呼告的方法來表現情感的急劇；或用疊續的方法，使筆勢奔騰，神勇無敵；或用重複的方法，使情感奔迸；或以節短的方法，使文句警拔而精銳；或以凝鍊的方法，使精神凝聚而飽滿；或以層遞的方法，來達到強調的目的；或以聯鎖的方法，來造成進逼的語勢，都能使文句有力。」參見氏著：《字句鍛鍊法（新增訂本）》（臺北：洪範書店，2002年7月），頁107-152。

文句緊湊」中，提出頂眞、跳脫、突接、截斷等四種修辭。⑨本節選錄較爲常見且易學的幾種修辭，計分成：「排比法」、「對偶法」、「層遞法與聯鎖法」、「頂眞法」、「設問法」等五類六法，選擇名家範文爲例，以明彰顯氣勢之道。

第一節　排比法

所謂的「排比」，根據黃慶萱所述：「用三個或三個以上結構相似、語氣一致、字數大致相等的語句，表達出同範圍同性質的意象，叫作『排比』。」其中又可分成「句子成分內的排比」、「單句的排比」、「複句的排比」、「段落的排比」等五類。⑩陳正治則歸納各家定義道：「說話或作文，將三個或三個以上，結構相同或相近的語句、段落，排列一起以表達相關內容的修辭法，便是『排比』修辭。」而使用排比能產生兩個作用：一是可以增強語言的氣勢；二是可以使語言富有節奏美與和諧美。⑪

示範例證	說明
林語堂（1895-1976）：〈家庭之樂〉 　我們因生物性而快樂，因生物性而發怒，因生物性而有志願，因生物性而信神或愛好和平，雖然我們自己或者還沒有覺得是如此的。⑫	林語堂從「生物主義」闡述人遇到的各種生物本能的問題。他透過排比句解說，既展現文章氣勢，也富有節奏感。

⑨ 黃永武說：「使文句緊湊的方法，不外乎使語氣銜接不斷，和使章句剪接簡當。『頂眞』可以使語氣銜接不斷，『跳脫』、『突接』、『截斷』都可以使章句節省。」參見氏著：《字句鍛鍊法（新增訂本）》，頁153-168。

⑩ 黃慶萱：《修辭學（增訂三版）》，頁651-664。

⑪ 陳正治：《修辭學》（臺北：五南出版社，2013年3月），頁241-243。

⑫ 林語堂：《生活的藝術》（臺北：遠景出版社，1979年3月），頁180。

示範例證	說明
黃永武：〈文章要醞釀 文字要精緻〉⑬ 今日電腦上臉書、推特、部落格盛行，有些人太隨興了，一點點就展示，即刻上傳，即刻冀求認同、滿足，即刻得到回應或擊點呼讚。看來文思不必醞釀，文字不必鍛鍊，篇章不必剪裁，有話就說，不計長短。有人擔心從此文章淺俗鬆散，我倒不擔心，因爲這些文字重在互通聲氣與娛樂，民主的可愛，就在平庸，平庸的可愛，就在人人有份，眾聲喧嘩，娛樂普及，亦時勢的需要所造成。	黃永武連續使用三個「不必」，說明今日用電腦書寫文章的特點，簡單俐落且明快，不拖泥帶水。

第二節　對偶法

關於「對偶」，黃慶萱說：「把字數相等，文法相似，意義相關的兩個句組、單句或語詞，一前一後，或成雙成對地排列在一起，就叫做『對偶』。」⑭陳正治則綜合各家定義，定義道：「說話或作文，上下語句字數相等，文法相似，不避同字、同義的修辭法，就叫做對偶。」而使用對偶有三個作用：一是可以使語言精鍊，語意鮮明；二是可使語言富有節奏美；三是可以使語言容易記誦。⑮

⑬ 黃永武：《好句在天涯──我怎樣寫散文》（臺北：三民書局，2012年4月），頁37。

⑭ 陳正治：《修辭學》，頁241-243。

⑮ 陳正治：《修辭學》，頁226-228。

示範例證	說明
蔡元培（1868-1940）：〈以美育代宗教說〉⑯ 美以普遍性之故，不復有人我之關係，遂亦不能有利害之關係。馬牛，人之所利用者，而戴嵩所畫之牛，韓幹（706-783）所畫之馬，絕無對之而作服乘之想者。獅虎，人之所畏也，而盧溝橋之石獅，神虎橋之石虎，絕無對之而生搏噬之恐者。植物之花，所以成實也，而吾人賞花，絕非作果實可食之想。善歌之鳥，恆非食品，燦爛之蛇，多含毒液。而以審美之觀念對立，其價值自若。	蔡元培談美之所以為美，在於美超越了人我、利害之關係。其後他以分別以馬牛、獅虎為對；又以善歌之鳥、燦爛之蛇作對，既使用了對偶修辭，還兼用了譬喻修辭。文句語意鮮明又帶有節奏美。
唐君毅（1909-1978）：〈說讀書之難與易〉⑰ 書易讀，亦難讀。易則甘，難則苦。歷甘苦，能讀書。 太平之世讀書，易；馬亂兵荒年，亦能讀書，難。靜穆的鄉村讀書，易；在城市鬧中取靜，亦能讀書，難。明窗淨几讀書，易；敗屋茅棚亦能讀書，難。于教室，圖書館讀書，易；于車上，船上，旅途中，亦能讀書背書，難。閑時讀書，易；忙時放下事立刻能讀書，難。	唐君毅整段幾乎都使用對偶句，透過難易對比，說明在困苦環境還能勤勉於讀書的不易，文句精鍊且富有節奏美感。

⑯ 蔡元培：〈以美育代宗教說〉，收入立緒文化選編：《百年大學演講精華》（臺北：立緒文化，2003年10月），頁269。

⑰ 唐君毅：《青年與學問》（臺北：三民書局，1992年6月），頁21。

第三節　層遞法與聯鎖法

何謂「層遞」？黃慶萱說：「凡要說的有三件或三件以上的事物，這些事物又有大小輕重等比例，於是說話行文時，依序層層遞進的，叫『層遞』。」又可分成「單式層遞」、「複式層遞」等兩類。⑱

黃永武將層遞分成「遞升」、「遞降」二種。「遞升」是把強調的語詞安置在最後，誠如《論語》：「知之者不如好之者；好知者不如樂知者。」或如《孟子》：「天時不如地利，地利不如人和。」而「遞降」則是要把強調的語詞安置在最前，造成一氣直下之勢，如：〈曹劌論戰〉：「夫戰、勇氣也，一鼓作氣，再而衰，三而竭。」又如《老子》：「失道而後德，失德而後仁，失仁而後義，失義而後禮，夫禮者，忠信薄而亂之首也。」⑲其他還有將遞升遞降連接成句⑳，以及產生錯綜變化等兩種變形㉑，都能提升氣勢，聳動讀者的視聽。

陳正治綜合各家定義，定義道：「說話與寫作，表達某個意思的時候，把三個或三個以上的事物，依照大小、高低、輕重、本末等等次序遞升或遞將關係排列出來，就是層遞修辭法。」而使用層遞有二

---

⑱ 黃慶萱：《修辭學（增訂三版）》，頁669-677。

⑲ 以上參見黃永武：《字句鍛鍊法（新增訂本）》，頁143-152。

⑳ 「遞升與遞降連接成句」者，如司馬遷（145B.C.-約86B.C.）〈報任安書〉：「太上不辱先，其次不辱身，其次不辱理色，其次不辱辭令，其次詘體受辱，其次易服受辱，其次關木索被箠楚受辱，其次剔毛髮、嬰金鐵受辱，其次毀肌膚、斷肢體受辱，最下腐刑極矣！」前四句不辱為遞降，後六句受辱為遞升，連續使用，使語勢接踵，產生健勁的力量。以上參見黃永武：《字句鍛鍊法（新增訂本）》，頁147。

㉑ 「遞升遞降產生錯綜變化」者，如T.摩爾：「向上謙恭，是本分；向平輩謙恭，是和善；向下級謙遜，是高貴；向所有人謙恭，是安全。」句中「上級、平輩、下級」似是遞降，而「本分、和善、高貴」的德行卻是遞升的，讀起來極感明快。以上參見黃永武：《字句鍛鍊法（新增訂本）》，頁147。

個作用：一是可以使語意層層深入，收到說服的效果；二是可使語言層次分明，富有秩序美。[22]

另外，尚有與層遞形似的「聯鎖」修辭。黃永武定義道：「用銜尾相接的句法，如連環相扣，或者推原究委，自下而上；或者依因求果，自上而下，造成一種不容間斷的語勢，來表現旺足的氣勢，這種修辭法，叫作聯鎖。聯鎖是但有層次或因果的先後，而沒有升降比例，所以與『層遞』不同。」如清人劉開（1784-1824）〈問說〉：「且夫不好問者，由心不能虛也；心之不虛，由好學之不誠也。」此段話乃自下而上溯源。又如明代孫金礪〈別盧太史書〉：「小人之初見勝己者，未嘗不知慕，積慕生畏，積畏生忌，思忌之心積，而仇毒之積成矣！」則是用聯鎖句法，寫出小人妒賢的心理過程。[23]

示範例證	說明
梁實秋（1903-1987）：〈下棋〉[24] 有下象棋者，久而無聲音，排闥視之，闃不見人，原來他們是在門後角裡扭做一團，一個人騎在另一個人的身上，在他的口裡挖車呢！被挖者不敢出聲，出聲則口張，口張則車被挖回，挖回則必悔棋，悔棋則不得勝，這種認眞的態度憨得可愛。	梁實秋連用「出聲」、「口張」、「挖回」、「毀棋」等四個動作，描摹兩人對弈因爭棋步而大打出手之狀，層層遞進，節奏緊湊。此外，此處還兼用頂眞修辭。
黃永武：〈觸發寫作的動能〉[25] 若檢視我自己的寫作動機，好像是隨著年歲變異的，少年時的動機是琢磨筆墨以	黃永武從「少年」、「中年」、「晚年」等三個時

[22] 陳正治：《修辭學》，頁275-277。

[23] 以上參見黃永武：《字句鍛鍊法（新增訂本）》，頁149-152。

[24] 梁實秋：《雅舍小品》第一冊（臺北：正中書局，1998年2月），頁85-86。

[25] 黃永武：《好句在天涯——我怎樣寫散文》，頁37。

示範例證	說明
造就自己。其中免不了希望作品誕生魅力，吸引異性的青睞。中年時的動機是搶救自己的平凡化，努力寫作是反世俗化的救贖。到了晚年寫作是想將內心的寄託與經驗作爲自娛及分享娛人的樂事，以贏取滿足。	期，檢視自己寫作動機的變化，語意層層深入，且層次分明。

第四節　頂眞法

什麼是「頂眞」？黃慶萱說：「用上一句結尾的詞彙，作下一句的起頭，使鄰接的句子頭尾藉同一詞彙的蟬聯而有上遞下接趣味的修辭法，稱爲『頂眞』。」㉖陳正治綜合各家觀點，定義道：「說話或作文，引用前文末尾的字詞語句，作爲後文開頭的修辭法，就叫作『頂眞』。」而透過頂眞，可產生四種修飾作用：一是使前後語意自然緊湊地銜接；二是可以使前後語意，層次分明；三是可以使語言富有強調和補充的作用；四是可以使語言富有趣味及節奏美。

示範例證	說明
牟宗三（1909-1995）：〈中國哲學底傳統〉㉗ 　要解決經濟的問題，就要根據經濟學上的知識原則與辦法來解決。這樣就是要會運用概念，運用概念才會運用思想，運用思想才能解答問題，直接反應是不能解決問題的，直接反應的結果就是孟子所謂的「物交物則引之而已。」	牟宗三以經濟問題爲例，連續使用兩個頂眞，連綴起概念、思想、解答問題間的關係，語意緊湊，層次分明，又帶有節奏感。

㉖ 黃慶萱：《修辭學（增訂三版）》，頁689。

㉗ 牟宗三：〈中國哲學底傳統〉，《中西哲學之會通》，收入立緒文化選編：《百年大學演講精華》（臺北：立緒文化，2003年10月），頁145。

示範例證	說明
蔣勳：〈中國歷代知識分子的美學修養〉[28] 例如：〈屈原賈生列傳〉中的屈原（343B.C.-278B.C.），是個很美的形象，他投江時，成爲了生命的美學形式，而這樣的美學形式幾乎變成這個族群很多的知識分子，在讀到這一段歷史時有巨大的感動。這種感動在於我們有沒有一個最內在、最美的自我，絕不受外在的汙辱、干擾。寧爲玉碎，不爲瓦全。	蔣勳連續使用「美學形式」、「感動」兩個頂眞格，表達屈原不屈於政治現狀而投江之不受外在汙辱干擾美的生命形象。緊湊的銜接起前後文意，並相互補充，也具有節奏感。

第五節　設問法

所謂「設問」，陳望道言：「胸中早有定見，語中故意設問的，名叫設問。」並分成兩類：「（一）是爲提醒下文而問的，我們稱爲提問，這種設問必定有答案在它下文；（二）是爲激發本意而問的，我們稱爲激問，這種設爲必定有答案在它反面。」[29]黃慶萱則定義道：「講話行文，不採通常直述方式，而刻意用詢問的語氣，藉以凸顯論點，引起注意，甚或啓發思考，而使話語、文章激起波瀾的修辭法，叫作『設問』。」除了上述的提問、激問，黃氏另加上內心確有疑難的「疑問」等三類。[30]故陳正治彙整其定義道：「講話或作文，故意不用敘述的語句而改用疑問句，以引起注意的修辭法，就是設問修辭法。」採用設問有三個作用：一是突出重點，引起注意；二是提出問題，啓發思考；三是掀起波瀾，振起文勢。[31]

---

[28] 蔣勳：〈中國歷代知識分子的美學修養〉，收入立緒文化選編：《百年大學演講精華》（臺北：立緒文化，2003年10月），頁285。

[29] 陳望道：《修辭學發凡》，頁143。

[30] 黃慶萱：《修辭學（增訂三版）》，頁47-48。

[31] 陳正治：《修辭學》，頁39-42。

示範例證	說明
龍應台：〈在迷宮中仰望星斗——政治人物的人文素養　臺灣大學法學院演講〉[32] 為什麼需要文學？了解文學、接近文學，對我們形成價值判斷有什麼關係？如果說，文學有一百種所謂「功能」而我必須選擇一種最重要的，我的答案是：德文有一個很精確的說法，macht sichtbar，意思是「使看不見的東西被看見」。	龍應台以設問中的「提問」，引起讀者對於「為什麼需要文學」、「了解、接近文學對價值判斷的關係」的關注，並啓發思考。
張壽安：〈導言〉，《晚清民初的知識轉型與知識傳播》[33] 其三，最吸引人的是這數股知識體系交會下，傳統的「學問」如何被近代的「知識」觀念所取代？傳統學問、德行兼備的「士人」形象又會如何轉變成今日成為社會中堅的「專業人士」？換言之，傳統道、學合一的學術理念因何脫失？面對新的學術實境又將如何重整道、學理念？這些或是更值得反思的問題。	張壽安先生一連串提出四個提問，欲反思晚清民初，傳統中國學問受到現代西方知識衝擊下，傳統的中國學問、士人、道學合一的價值觀是如何轉變的，有哪些脫失？又有哪些被重整，如何被重整等。連續提出幾個大的提問，除了突出重點、啓發思考，更能掀起討論波瀾，提振文勢。

[32] 龍應台：〈在迷宮中仰望星斗——政治人物的人文素養　臺灣大學法學院演講〉，收入立緒文化選編：《百年大學演講精華》，頁104。

[33] 張壽安：〈導言〉，收入氏主編：《晚清民初的知識轉型與知識傳播》（北京：北京師範大學出版社，2018年6月），導言頁2。

本講重點回顧

- 非文學寫作只需精準傳達意見、想法或觀點、論點，可使用「消極修辭」，而消極修辭是不需特別運用修辭格，但需鍛字鍊句。文學創作則需使用「積極修辭」，以各種修辭格潤飾文章內容，使文章具有藝術美感。
- 整句與鬆句：「整句」既可增加文勢，又有高度概括力，有時是刻意追求修辭效果；「散句」因為長短、結構參差，而生錯綜的效果，也更偏向自然的狀態。非文學寫作，尤其論說文便以散句居多。但並不是指論說文不能用整句，而是使用整句與否為充要而非必要條件。
- 排比法：排比能產生兩個作用，一是可以增強語言的氣勢；二是可以使語言富有節奏美與和諧美。
- 對偶法：對偶有三個作用，一是可以使語言精鍊，語意鮮明；二是可使語言富有節奏美；三是可以使語言容易記誦。
- 層遞法與聯鎖法：使用層遞有二個作用：一是可以使語意層層深入，收到說服的效果；二是可使語言層次分明，富有秩序美。另有與層遞相似的聯鎖法，聯鎖是但有層次或因果的先後，而沒有升降比例，所以與「層遞」不同。
- 頂真法：頂真法可產生四種修飾作用：一是使前後語意自然緊湊地銜接；二是可以使前後語意，層次分明；三是可以使語言富有強調和補充的作用；四是可以使語言富有趣味及節奏美。
- 設問法：採用設問有三個作用：一是突出重點，引起注意；二是提出問題，啓發思考；三是掀起波瀾，振起文勢。

第六講

如何減少冗詞贅句與掌握文氣

教學目標

1. 理解減少冗詞贅句的根本解決問題的方法。
2. 認知如何改善與提升當前語文教學的方法。
3. 寫作當立其誠，而教學不能漠視外界呼聲。
4. 明辨「語文」（language）、「文學」（literature）之異同。

摘要

第二講到第五講是當下立即修正文句的方法，提升寫作的長遠之計還是得深入問題根源，故本講分別從學習者、教學者的不同視角，提出減少冗詞贅句、掌握文氣的方法，共分成兩節，說明如下。

第一節，減少冗詞贅句與掌握文氣的方法。從聽、說、讀、寫提出五點具體解決問題的方法。

第二節，語文教學概念的建構。提出教學者若欲改善或提升語文寫作教學應有的基本概念，當形塑出完整概念後，方能有效進行教學。

第一節　減少冗詞贅句與掌握文氣的方法

欲減少冗詞贅句與掌握文氣，需從聽、說、讀、寫等全方面改善原本的學習方法。以下分成五點分說。

一、閱讀與朗讀

這是培養語感的方法。每個人都有自己的寫作風格，風格養成有賴過去閱讀與寫作經驗，還有環境、人生歷練而定。歷練固不可能相同，但透過閱讀與朗讀的仿效，確實是學習的開端。慎選古今名家之作，體悟其中遣詞用句的奧妙，耳濡目染久了，自然有所成，但前提是得動筆寫，否則又是空談。

別於閱讀的「看」，透過朗讀將文章印入腦海中，有助於記憶且更深刻。例如：想學習記敘文、論說文寫作，可以從讀報開始。報紙媒體每天處理數百條的新資訊，如何以最精準，卻又簡單明瞭的字句傳遞訊息給廣大讀者群為其要務。那麼，文句的運用，敘事順序，邏輯的正誤，消息的傳達性等，都可從中習得。想學習抒情文則可朗讀詩歌，從音韻中感悟文學之美。

二、口語與書寫

口語、書寫是兩種語文表達形式；又從心裡所想的構思，到口語表達，再到落筆成文的過程也有落差。朱自清（1898-1948）講述此一脈絡的差異，並舉白話文爲例：

> 現在許多青年大概有一個誤解，認爲白話文是跟說話差不多一致的。他們以爲照著心裡說的話寫下來就是白話文；而心裡說的話等於獨自言語。但這種「獨自言語」跟平常說話不同。不但不出聲音，並且因爲沒有聽者，沒有種種自覺的和不自覺的限制，容易跑野馬。在平常談話或演說的時候，還免不了跑野馬；獨自思想時自然更會如此。再說思想也不一定全用語言，有時只用一些影像就過去了。因此作文便跟說話不能一致，思路不清正由於這些情形。說話也有沒條理的，那也是思想訓練不足，隨心所嚮，不加控制的緣故。……但說話時至少有聲調的幫助，有時候承轉或聯貫全靠聲調；白話文也有聲調，可是另一種，不及口語聲調的活潑有彈性，承轉或聯貫處，便得另起爐灶。將作文當說話的記錄，是想像口語聲調的存在，因此就不肯多費氣力在承轉或聯貫上；但那口語的聲調其實是不存在的。這種作文由作者自己讀，他會按照口語的聲調加以調整，所以聽起來也還通順似的。可是教別人看時，只照白話文的聲調默讀著，只按著文脈，毛病便出來了。那種自己讀時的調整，是不自覺的，是讓語脈蒙蔽了自己；這蒙蔽自己是不容易發現的，因此作文就難改進了。①

① 朱自清：《寫作雜談》（北京：北京教育出版社，2014年3月），頁103-104。

> 思想、談話、演說、作文，這四步一步比一步難，一步比一步需要更多的條理；思想可以獨自隨心所嚮，談話和演說就得顧到少數與多數的聽者，作文更得顧到不見面的讀者，所以愈來愈需要條理。語脈和文脈不同，所以有些人長於說話而不長於作文，有些人恰相反；但也有相關聯的情形。說話可以訓練語脈；這樣獲得的語脈，特別是從演說練習裡獲得的，有時也可以幫助文脈的進展。所以要改進作文，可以從練習演說下手。但是語脈有時會混入文脈，像上一段說的。在這種情形下，要改進作文，最好先讀給人聽，再請他看，請他改，並指出聽時、看時覺得不同的地方，但這件事得有負責的且細心的教師才成。②

首先，朱自清認爲內心構思可天馬行空，一旦未經口述，想法易不符合邏輯，且缺乏條理而離題。因此，斷不可以心中所想直接轉化爲書面文字。其次，說話與寫作也不一致。說話的聲調活潑生動，寫成文章卻是另一種聲調，且可能只根據自己的口語聲調撰文，未能及時發現寫作的問題。又次，從思想到一般談話，到演講，再到作文是四段過程，除了思想可隨心所欲，後三者要顧及閱聽者的感覺。但談話、演講是透過言語語脈來溝通，寫作則是經由文字與讀者溝通，比起談話、演講更爲抽象，故應留心寫作條理、邏輯的問題。

又如阮眞（1896-1972）指出口語、寫作練習之別與其輔助性：

> 口語練習與寫作練習，自然有些不同的地方，因爲口語只要說得出，寫作卻要寫得出；口語是有時間性的，寫作是有空間性的；口語用口舌筋肉發表，寫作要用手的筋肉發表；所以古來工於文章的人未必工於辯說，工於辯說的人未必工於文章。但是，思想的組織、篇章的結構，以及修

② 朱自清：《寫作雜談》，頁104-105。

辭造句的技術，口語、作文是很相同的。口語如能夠清晰流利、有結構、有組織、有勢力、有風趣，作文的技術也不過如此了。所以口語的練習，很可做作文的基礎。……因為我認為口語練習，雖然可以輔助作文，卻不是直接的寫作練習。不過從作文的練習上講，利用口語練習以輔助作文，確是我們所要注意的。③

阮眞認爲口語表達的練習，有助於寫作前置功夫的準備。好的口語表達必然要經過嚴整的思想組織，擬訂表達結構，再到修辭造句，這與作文是相同的，但不能逕以口語練習等同書寫。

上述兩位學者從問題成因辨析內心思考、語脈、文脈之異同，寫作者需釐清三者關係，方能具備正確學習態度。

三、作者與讀者

寫作目的在溝通，故要釐清閱讀對象是誰。面對較爲學術、專業性質的閱讀者，宜強化內容密度，能用一句話就不要分割成兩句話，務使心與理合，彌縫無間；對象是普羅大眾時，文章密度不宜過高，用語應淺白簡練，讓讀者保留從容思考的空間。

當文章內容密度過高，汰除一切冗詞贅句，固然可聚焦重點，但也易因句句皆重點，造成閱讀負擔，或因刪裁過度，不易閱讀。因此，寫作時宜考慮讀者的身分，心中一定要理解讀者對於寫作者的期待，從結構、文詞、構思多方面考量，方能達成彼此溝通之目的。

四、文言與白話

教授國文課程多年，屢問學習者是否喜歡讀文言文，答案很兩極。不喜歡者認爲難讀，不符時代所需；喜歡者則覺頗具美感，兼有文化傳承的功能。文化固可藉閱讀而有所獲，但問及「何謂美感？」往往難以究竟。其實，文言之美跟中國文字特性有關。中國文字屬

③ 阮眞：《作文研究》（北京：北京教育出版社，2014年3月），頁79-80。

圖象文字，乃一字一音節結合而成，與多音節組合而成的拼音文字不同。文字又因發音、聲調的不同，呈現出不同的情感。[④]當文字結合形成語詞後，時而聲亦能表意，如：狀聲詞、雙聲、疊韻、疊字等[⑤]，可使文句充滿音韻之美，且未必定得是韻文，縱使一般散文的朗誦，經由口語的抑揚頓挫，也都能感受得到情緒、文意的跌宕起伏。附以透過感官的形容，以及多元的修辭方式，文句簡練卻更顯變化多端。

文言文亦是學習書寫的最佳學習文本，其簡練、精確的特性可省去許多冗詞贅句的困擾，讓文句更緊實。特別是虛詞[⑥]、動詞、形容詞的應用與轉換，多熟記幾個同義詞與意近詞，可靈活文句，而不致侷限且單調。

自1919年五四運動以降，白話文取代文言文，成爲各級國民學校使用的主要語文。白話文近於口語，又稱爲「語體文」，如：呂叔湘（1904-1998）界定道：「白話是現代人可以用聽覺去了解的，較早的白話也許需要一點特殊的學習；文言是現代人必須用視覺去了解的。」[⑦]僅管文白比例總在修訂國語文課綱時，因比重多寡留有爭議，但文言精簡、精準的特質[⑧]，實有助於今日寫作，如：公文寫作

④ 如黃永武云：「人情的喜怒哀樂，或奮或鬱，爲求宜情達意，在發音時，藉著喉牙（顎）舌齒唇諸官能姿勢的輔助，造成發聲氣流的委直通塞，表現出清濁、高下、疾徐不齊的聲音，賴此聲音，以宣達其奮鬱驚喜的情緒。所以在五音之中，不同的音質，自能表現不同的情感。」參見氏著：《中國詩學・設計篇》（臺北：巨流圖書有限公司，1996年5月），頁174-185。

⑤ 黃永武：《中國詩學・設計篇》，頁185-195。

⑥ 有關文言虛詞的彙整，可參見「附錄三　文言與白話虛詞的轉換——『副詞』、『連接詞』、『語氣助詞』」。

⑦ 呂叔湘：〈文言與白話〉，收入張中行主編：《文言常識》（北京：新華書店，1988年5月），頁12。

⑧ 何謂文言文？是否泛指一切古文？然古文亦有時代地域之別，是否可等概而論？本文擬採朱光潛指的「淺近文言」作界定，其云：「所謂『淺近文言』是當代人易於瞭解的文言，一方面冷僻古字不用，奇奧的古語組織法不用；

是最淺近的文言，以簡、淺、明、確爲要。又如向若提到語言的省略性，而謂：

> 語言是交流情意的工具，當然也要服從經濟的原則，就是最好能夠簡而得要，所以任何語言都有省略的現象。不說也可，說了就是浪費，我們通常稱爲冗贅。在這方面，文言與現代書面語相比，文言簡，省略較多；現代書面語繁，不只省略較少，而且近年來，大有應省而增的趨勢。……趨減趨繁會成爲行文的風氣，專就這一點說，文言的句法有不少值得現代語借鑒的地方。⑨

從簡略性來看，文言可解決白話的趨繁、冗贅，譬如：文言整齊句式多，而同形式語句的堆積，可使內容更爲顯豁，聲音更爲悅耳。又如：文言的省略較多，如省略主語，以宋濂（1310-1381）〈送東陽馬生序〉爲例：「余幼時即嗜學。（　）家貧，（　）無從致書以觀，（　）每假借於藏書之家，（　）手自筆錄，（　）計日以還。」由於第一句話已表明主語是我（余），後面括號處的主語皆可省略。⑩但也由於白話、文言終究屬於兩種體系，使用時還是得注意

一方面也避免太俚俗的字和太俚俗的口語組織法。以往無心執古而自成大家的作者大半走這條路，我想孟子、左丘明（556B.C.-452B.C.）、司馬遷、王充（27-約97）、陶潛（365-427）、白居易（772-846）、歐陽修（1007-1072）、王安石（1021-1086）、蘇軾一班人都是顯著的代表。看這些人的作品，我們可以看出兩點：第一、他們的語文跟著時代變遷，不懸某一時代『古文』作標準，泥古不化；第二、他們的原則與白話文的原則大致相近，就是要求語文有親切生動的表現力與平易近人的傳達力，作者寫起來暢快，讀者讀起來也暢快。」參見朱光潛：《談文學》，頁148。

⑨ 向若：〈句〉，收入張中行主編：《文言常識》，頁129。

⑩ 以上兩個觀點，參見向若：〈句〉，收入張中行主編：《文言常識》，頁123-125、129-130。

語境、寫作對象問題。⑪

再者，2014年《聯合報》專題論及過度口語產生的「語言癌」。過度口語，如常見的：「進行一個……的動作」、「其實……」、「所謂的……」「有在……」「……的部分（的問題、的作法）」，若毫無簡擇書寫成文，就會造成冗詞贅句，部分學者在此前提下，直指宜正視文言文教學以導正此況。但語言學家則認爲語言本非按照既定規律表達，不應有正統或正確與否的評價。因此，他們從病理學角度以「語言潔癖」對應「語言癌」，強調語言沒有一成不變的標準，標準會隨時空而轉變，語言最重要的關鍵在是否能溝通。⑫此外，語言學家對學習文言文是否能克服「語言癌」的因果脈絡，也提出質疑。⑬

未可否認，口語、書面語是兩種語文表達形式，語言學家係就口語表達而論，非指書面語。但教學過程中，確實常見未經轉譯的口語化書面語，敘寫繁瑣，冗詞贅句過多而難以卒讀。那麼，文言文雖不能直接證明可解決語文的冗贅，卻可提供更多語彙、文句更替的參考。

五、多寫多修改

寫作是一門溝通的技術，而非目的，如何掌握這門技術非常重要，論及技術別無他法，就是一而再練習，從錯誤中更正，熟悉語感，自能有所成。但一談到「技術」便容易讓人聯想到是否只流於形式？胡懷琛（1886-1938）界定道：

> 我以爲文，是發表意見的工具；作文，是運用工具；練習

---

⑪ 陳汝東：《修辭學教程》，頁148-151。

⑫ 魏美瑤：〈語言潔癖PK語言癌〉，收入何萬順、蔡維天等著《語言癌不癌？語言學家的看法》（臺北：聯經出版社，2016年1月），頁137-153。

⑬ 相關意見，可參見何萬順、蔡維天等著：《語言癌不癌？語言學家的看法》，共179頁。

> 作文的方法，就是練習運用工具的方法。發表意見的人用文，等於木匠用鑿子、鋸子，等於鐵匠用椎……換一句話說：木匠、鐵匠，所學習的，只是技術。文的實質，是和木頭和鐵一樣，是從另一個地方來的，不是從作文上來的。（是從研究他種學問來的，或從實地經驗來的。）所謂作文，只不過是練習字的用法、句子的結構法。換一句話說：就是練習技術。⑭

由上可知，「文」、「作文」不同。文是內涵、實質，另有強化方法；至於「作」文，就是訓練遣詞用句，到如何謀篇的方法，不能混淆。又如張志公談到如何養成寫作風格：

> 學習寫作的人，首先自然是要求把文章寫通順，寫明白；進一步再要求把文章寫得生動有力；然後，還得根據文章的性質和內容，拿穩一種適當的寫法；逐漸，在不斷地閱讀和寫作的實際練習中，也應該要求自己培養出一定的風格，使自己的文章具備一定的個性。⑮

寫作風格是有步驟性的，從通順明白到生動有力，再根據文章特性掌握寫作方法，再從不斷閱讀與書寫中，提煉出個人的寫作風格與個性。

綜觀上述諸點，寫作不僅是個人心志與知識的展現，也是態度的觀察。問題不同，解決方式亦異，仔細觀察可能發生的問題，再逐一調整，即能有所進步。因此，寫作態度至關重要，眞誠面對自己的情感與觀點，有多少功夫寫多少內容，用己力所及的語句表現內在想

---

⑭ 胡懷琛：《作文門徑》（北京：北京教育出版社，2014年3月），頁136-137。

⑮ 張志公：《讀寫一助》，頁225-226。

法，落筆的每一字句、結構、內容都應有清楚的概念，而靈光乍現或天馬行空的構思與文詞，定得想想能否跟全文相契合，任意摻入反是畫蛇添足，《論語》云：「知之為知之，不知為不知，是知也」，確實如此。

第二節　語文教學概念的建構

如欲指導或學習如何精準的遣詞用句，再到掌握文章氣勢，可從以下三點進行反思，並調整個人的寫作教學理念與方法。

一、明辨文體規範，正確使用修辭

「明辨文體」是寫作的第一步，但初學者常未辨文體，徒靠過去寫作經驗應對各類文體，導致表意不得當，所以明辨規範很重要。但不能只有知識上的認知，還應具體書寫，才能眞正理解各種文體的特點、需求，使用適合的文詞語句，不至於紙上談兵。

其次是正確的「修辭觀念」。修辭是為了提升文章的美感，但不同文體的修辭有不同要求，如本套書旨在討論非文學寫作的文氣，專就意境、文采雕琢的修辭便不宜使用，亦非討論範圍，而偏重能提升文氣的修辭。

二、建構非文學寫作之書寫句型範式

寫作者面對非文學寫作的陳述、解說、分析、論辯時，經常不知該使用哪些句型，方能強而有力表述己見。因此，宜建構書寫句型範式，以積極提升表意能力，卻難避免流於形式、八股僵化之批評。換個角度來看，這不過是還原到最初階語文的「造句」階段，差別是從普通造句提升到專業／學術造句的高度。如：Gerald Graff、Cathy Birkenstein指出套用句型並不會扼殺創造力：

> 至於認為套用句型會扼殺創造力的看法，是過於侷限視野，未能窺得創作力全貌。寫作範本能讓寫作產生更多創意；就算是最有創意的表達形式，終歸是建立在既有的模

> 式和結構上。……就連走在時代尖端的前衛藝術家（像是即興派的爵士音樂家），也需要先嫻熟基礎音樂形式，再以這些基礎去創作、脫離、進而超越，否則只會像是小孩子的成果表演。……再者，這些寫作範本並不會限制住你要陳述的內容。你要怎樣獨創內容都可以，範本幫助你梳理陳述的內容。一旦你對這些寫作範本得心應手，就可以根據自身狀況和目的，修改範本，也可以在閱讀時發現其他範本。……簡單來說，使用慣用句型並非抄襲，但取用他人文本中的實質內容，卻未舉出出處或原作者，就是嚴重違反學術道德。（academic offense）⑯

任何表達形式，無論是文學或非文學，或是任何專業領域的學習，都要從基礎形式學起，形式只是有效展現學習的方法。至於內容，則有待學習者自行建構、創造，而不得抄襲。

他山之石可爲鑒，「英文寫作」有關句型範式的教學已建構得相當完整，但中文「非文學寫作之書寫句型範式」卻付之闕如。偏偏教學中最常見的是學習者缺乏語文敏銳度，不懂得有效表述的方法，常導致寫作內容平淺無味，或不符需求而「表錯情」，或只在枝微末節上打轉，偏離主線。因此，系統性的建構書寫句型範式，實乃語文教學的當務之急。

三、一體兩面的寫作形式以及內容

承前所述，若建構了書寫句型範式，會不會成爲「宿構作文」？溫儒敏對「仿寫」會否成爲「套路」而說到：

> 主要是以範文分析爲核心的文體「套路」的學習，但「套

---

⑯ Gerald Graff、Cathy Birkenstein著，丁宥榆譯：《全美最強教授的17堂論文寫作必修課》，頁23-25。

> 路」容易淪爲「宿構」，結果「宿構作文」成風。模仿式的作文教學對於學會一般的文字表達也不無好處。以「仿寫」作爲一種初級寫作教學的辦法，通過系統上課和反復練習，讓學生熟悉和練習寫作的基本技能，會有所收穫。但「仿寫」不是目的，滿足於「仿寫」，淪爲應試的「套路」和技巧，就走向反面，肯定束縛個性，形成空話、大話、假話連篇的「八股」。⑰

仿寫是初階寫作練習法，寫作文氣也不能只靠文章形式，提煉文氣，仍得靠文章內容，即作者的內涵。如朱榮智說：

> 一般所謂的文氣，只指作品的辭氣，這是狹義的文氣。作品的辭氣，包括氣勢和情韻，氣勢是文章所構成的體勢，情韻是文章所表現的韻味，二者有別。……一篇成功的作品，要具備三個條件，一是要有眞實的感情、豐富的思想；二是所用的文字要優美、切當；三是文字的組合結構，要緊密周詳。文章的氣勢，便是作者所用的文字，以及其文字的組合佈置，所構成的體勢；而文章的情韻，則是作者的情意，透過文字的運用，所表現的韻味。⑱

從內在思想、情感，到如何用字遣詞，再到文句章法的組合結構，皆不宜偏廢，方能展現文章氣勢，空有文采而缺乏內涵，把寫作套路當成核心，便本末倒置了。

本套書著重語文而不是文學，是寫作而非創作。一旦錯置關係，以文學涵蓋語文，將忽略更廣泛的非文學表達形式；又或者以創

---

⑰ 溫儒敏：《溫儒敏論語文教育二集》（北京：北京大學出版社，2012年7月），頁32。

⑱ 朱榮智：《文氣論研究》，頁79。

作涵蓋寫作，則會以爲寫作目的是爲了成爲作家，輕忽寫作是以準確、得體表達與溝通的方法。

本講重點回顧

- 欲減少冗詞贅句與掌握文氣，有五個學習方法：一是「閱讀與朗讀」，兩種方式皆有益於培養語感。二是「口語與書寫」，口語、書寫是兩種語文表達形式；又從心裡所想的構思，到口語表達，再到落筆成文的過程也有落差，不能把口語言說直接等同於書寫。三是「作者與讀者」，寫作目的在「溝通」，故寫作者要釐清閱讀對象是誰，且心中一定要理解讀者對於寫作者的期待，從結構、文詞、構思多方面考量，方能達成彼此溝通之目的。四是「文言與白話」，文言文「簡練」、「精確」的特性，可省去許多冗詞贅句的困擾，讓文句更緊實。儘管現在多使用白話文，而文言則可提供更多語彙、文句更替的參考。五是「多寫多修改」。想要學好寫作別無他法，就是一再練習，從錯誤中更正，熟悉語感，自能有所成。
- 欲指導或學習如何精準的遣詞用句，再到掌握文章氣勢，可從以下三點來反思教學方法：一、明辨文體規範，正確使用修辭。二、建構非文學寫作之書寫句型範式。三、一體兩面的寫作形式以及內容。
- 以文學涵蓋語文，將忽略更廣泛的非文學表達形式；又或者以創作涵蓋寫作，則會以爲寫作目的是爲了成爲作家，輕忽寫作是以準確、得體表達與溝通的方法。

附錄

一、中文標點符號與常見的使用問題
二、漫談勵志散文與論說文的不同
三、文言與白話虛詞的轉換——「副詞」、「連接詞」、「語氣助詞」

附錄一　中文標點符號與常見的使用問題

一、中文標點符號說明

標點符號是用來表示停頓、語氣以及詞語性質和作用的符號。正確使用標點符號，對準確表達文意，推動語言的規範化，都有積極意義，以下列舉標點符號及其說明、舉例如後：

符號	說明①	舉例
句號（。）	用於一個語義完整的句末，不用於疑問句、感嘆句。	1. 用於單句之末，如：語文不等同於文學。 2. 用於複句之末，如：他是一個待人和善，品學兼優的好學生。
逗號（，）	用於隔開複句內各分句，或標示句子內語氣的停頓。	1. 用於隔開複句內各分句，如：在疫情的影響下，我們只能好好待在家中，儘量勿到人群聚集的地方。 2. 用於標示句子內語氣的停頓：請你記得，務必要隨手關燈。
頓號（、）	用於並列連用的詞、語之間，或標示條列次序的文字之後。	1. 用於並列連用的詞、句之間，如：眞、善、美。 2. 用於標示條列次序的文字之後：如：一、勇於任事，……。二、不畏艱困，……。三、自我反省，……。又如：1、……。2、……。3、……。

① 有關標點符號的「說明」徵引自教育部國語推行委員會編著：《重訂標點符號手冊（修訂版）》（臺北：教育部國語推行委員會，2008年12月），頁1-21。

符號	說明	舉例
分號（；）	用於分開複句中平列的句子。	如：《管子・牧民》有言：「倉廩實，則知禮節；衣食足，則知榮辱。」
冒號（：）	用於總起下文，或舉例說明上文。	1. 列舉人、事、物，如：七孔是指：指人臉部的七個孔穴，包括：兩眼、兩耳、兩鼻孔、嘴巴，一共七個孔竅。 2. 引語，如，俗話說：「天下沒有白吃的午餐。」 3. 標題，如：桃園三結義的主角是：劉備、關羽、張飛。 4. 稱呼，如：各位尊敬的師長：
引號「」 雙引號『』	1. 用於標示說話、引語、特別指稱或強調的詞語。 2. 引號分單引號及雙引號，通常先用單引號，如果有需要，單引號內再用雙引號，依此類推。 3. 一般引文的句尾符號標在引號之內。 4. 引文用作全句結構中的一部分，其下引號之前，通常不加標點符號。	1.1 說話，如：他問我：「你精神不好，看起來身體不是很舒服。」我回答道：「沒事，只是天太熱了，有些倦怠。」 1.2 引語，如：蘇軾〈水調歌頭〉云：「明月幾時有，把酒問青天，不知天上宮闕，今夕是何年。」 1.3 特別指稱的語詞，如：「躁鬱症」是一種心理疾病，不能等閒視之。 1.4 特別強調的語詞，如：作人作事可不要「太超過了」，凡事都要留點餘地。 2. 單、雙引號的用法，如：王老師說過：「只要努力任事，成功就在不遠處，所謂『功不唐捐』、『自助、人助、天

符號	說明	舉例
		助』，正是如此。」 3. 句尾符號標在引號內，如：辛棄疾（1140-1207）〈醜奴兒〉詞云：「少年不識愁滋味，愛上層樓，愛上層樓，爲賦新詞強說愁。而今識盡愁滋味，欲說還休，欲說還休，卻道天涼好個秋。」 4. 下引號之前不加標點符號，如：儒家論「仁」，即是指「己欲立而立人，己欲達而達人」、「己所不欲，勿施於人」的意思。
夾注號 甲式（　）	用於行文中需要注釋或補充說明。	在行文中純屬注釋上文的，多半用（　），如：孫中山（1866-1925），名文，幼名帝象，譜名德明，字明德、載之，號逸仙、日新。
夾注號 乙式——	用於行文中需要注釋或補充說明。	在行文中爲補充說明而文氣可以連貫的，多半用——，如：人生的眞諦究竟是什麼——有人說是爲他人而活，佛教有輪迴轉世說，也有人說要爲自己而活——這眞是很難有一定標準的答案。
問號（？）	1. 用於疑問句之後。 2. 用於歷史人物生死或事件始末之時間不詳。	1.1 懷疑，如：你難道不是搭捷運來的嗎？ 1.2 發問，如：請問你如何界定生命的意義？ 1.3 反問，如：你難道不在乎我的感受了嗎？ 2. 用於歷史人物生死或事件始

符號	說明	舉例
		末之時間不詳，如：周武王（？-？），又如：古蜀（？-西元前316年）
驚嘆號（！）	用於感嘆語氣及加重語氣的詞、語、句之後。	1. 用於獨立使用的嘆詞之後，如：唉！眞沒看過這樣的人，什麼話都說得出口。 2. 用於感嘆句之後，如：這口紅顏色眞是鮮豔極了！ 3. 用於命令句之後，如：快去！再晚就來不及了。 4. 用於強烈的祈使句之後，如：求求你睜開眼看看吧！ 5. 用於強烈的反詰疑問句之後，如：我這是幫你呀！你還不領情。 6. 用於加重語氣的陳述句後，如：你別給臉不要臉！
破折號（——）	用於語意的轉變、聲音的延續，或在行文中爲補充說明某詞語之處，而此說明後文氣需要停頓。	1. 語意的轉變，如洪素麗：《昔人的臉・瓷碗》：每回醉醺醺回到客居小室時，拉開紙門，耳旁便響起瓷碗落地的聲音——啷！ 2. 聲音的延續，如：颱風咻——咻——咻——的一陣陣狂吼著。 3. 行文中爲補充說明某詞語之處，而此說明後文氣需要停頓，如：北斗七星——第一天樞，第二天璇，第三天璣，第四天權，第五玉衡，第六開陽，第七瑤光。

符號	說明	舉例
刪節號（……）	用於節略原文、語句未完、意思未盡，或表示語句斷斷續續等。	1. 節略原文，如朱光潛《談文學・作者與讀者》：作者之於讀者，正如說者之於聽者……寫作的成功與失敗一方面固然要看所傳達的情感思想本身的價值，一方面也要看傳達技巧的好壞。 2. 語句未完成，意思未盡，如：我眞喜歡臺灣的小吃，像是蚵仔煎、臭豆腐、豬血糕、紅豆餅…… 3. 表示語句斷斷續續，如：「你……你……你快……把我的……藥……拿來。」
書名號甲式（＿＿）	用於書名、篇名、歌曲名、影劇名、文件名、字畫名等	如：論語、六國論、論語 述而……
書名號乙式（《》）（〈〉）	用於書名、篇名、歌曲名、影劇名、文件名、字畫名等。 使用《》，計有：書名、書名篇名並舉、影劇名、報紙名、圖表名、文件名。 使用〈〉，計有：篇章名、歌曲名、詞牌與曲牌名、字畫名等	1. 書名：《論語》 2. 篇章名：朱自清〈背影〉 3. 書名篇章名並舉：《論語・述而》

符號	說明	舉例
專名號	用於人名、族名、國名、地名、機構名等	1. 人名，如：連橫、賴和 2. 族名，如：布農族、亞利安人 3. 國名，如：中華民國、韓國 4. 地名，如：臺北、東京 5. 路線名，如：衡陽路、北二高 6. 機構名，如：教育部、臺灣警察專科學校 7. 學派名，如：現代新儒家、揚州學派 8. 建築名，如：行天宮、路思義教堂 9. 時代名，如：漢朝、清朝 10. 山川湖泊，如：基隆河、陽明山
間隔號（·）	1. 用於書名號乙式書名與篇章卷名之間。 2. 用於書名號乙式套書與單本書名之間。 3. 用於原住民命名習慣之間隔。 4. 用於翻譯外國人的名字與姓氏之間。	1. 用於書名號乙式書名與篇章卷名之間，如：《韓非子·外儲說左上》 2. 用於書名號乙式套書與單本書名之間。如：《萬有文庫·印度現代史》 3. 用於原住民命名習慣之間隔，如：瓦歷斯·諾幹 4. 用於翻譯外國人的名字與姓氏之間，如：史蒂芬·保羅·賈伯斯（Steven Paul Jobs）
連接號甲式：（—）	用於連接時空的起止或數量的多寡等。	1. 連接時空的起止，如：臺北—香港的航線只需飛行兩個小時。又如：二次世界戰爭起訖時間是1939年-1945年。

符號	說明	舉例
		2. 連結數量的多寡，如：正常體重的BMI值應維持在18.5－24。
連接號乙式：（～）	用於連接時空的起止或數量的多寡等。	1. 連接時空的起止，如：臺北～香港的航線只需飛行兩個小時。又如：二次世界戰爭起訖時間是1939年～1945年。 2. 連結數量的多寡，如：正常體重的BMI值應維持在18.5～24。

二、常見易錯易混淆的標點符號

（一）誤用標點符號

通常亦見的問題如：自創符號，譬如：「！？」、「！！」，還有誤用英文的標點符號作爲中文標點符號，常見如英文的引號、雙引號‘　’、“　”，還有以英文句號「.」取代中文句號「。」

這在一般非正式寫作但用無妨，像新聞媒體喜歡在聳動標題後以「！？」表示懷疑但不確定之意，以規避法律責任，但嚴謹的論說文就不宜使用。

（二）句號、分號

「句號」是表達語義已經完成的句子，而「分號」則是分開複句中平列的句子。由於平列的句子亦有可能是語義已完成，此時使用句號或分號皆可。如以下例證：

例1：蘇軾〈石鍾山記〉

大石側立千尺，如猛獸奇鬼，森然搏人；而山上棲鶻聞人聲，亦驚起，磔磔雲霄間；又有若咳且笑於山谷中者，或曰：「此鸛鶴也。」

大石側立千尺，如猛獸奇鬼，森然搏人。而山上棲鶻聞人聲，亦驚起，磔磔雲霄間。又有若咳且笑於山谷中者，或曰：「此鸛鶴也。」

例2：〈打開心靈的窗〉

打開心靈的窗有以下步驟，第一：相信。相信他人是眞誠無欺的……；第二，確實敞開心靈。再相信之後要選擇是否敞開心胸……；最後一點，持續付出行動。不論收到的回應如何，我們都要一直敞開心胸，對社會持續不斷的付出回饋，才能使社會一直和諧。

打開心靈的窗有以下步驟，第一：相信。相信他人是眞誠無欺的……。第二，確實敞開心靈。再相信之後要選擇是否敞開心胸……。最後一點持續付出行動。不論收到的回應如何，我們都要一直敞開心胸，對社會持續不斷的付出回饋，才能使社會一直和諧。

以上二例或用分號或用句號皆可，如欲特別彰顯作爲平列的複句，就用分號。此外，如第二例因句式過長，又論述過程經過許多語句的轉折，且語意已完成，此處用分號容易與其他標點符號混淆，就可以直接用句號。

（三）逗號、句號

「逗號」除了分隔複句，還有標示句子內語氣的停頓的功能，但凡口語表達該換氣時，就可以加上一個逗號，而不宜拖長文句，難以卒讀。至於「句號」，只要這一小節的語義完成，足以構成一個單獨的小結構，就可畫上一個句號，而不待段末或文末才加上一個句號。以下舉余秋雨《文化苦旅．西湖夢》作說明：

西湖給人以疏離感，還有別一原因，它成名過早，遺跡過密，名位過重，山水亭舍與歷史的牽連過多，結果，成了一個象徵性物象非常稠厚的所在，遊覽可以，貼近去卻未免吃力，爲了擺脫這種感受，有一年夏天，我跳到湖水中游泳，獨個兒游了長長一程，算是與它有了觸膚之親，湖水並不涼快，湖底也不深，卻軟絨絨地不能蹬腳，提醒人們這裡有千年的淤積，上岸後一想，我是從宋代的一處勝跡下水，游到一位清人的遺宅終止的，於是，剛剛撫弄過的水波就立即被歷史所抽象，幾乎有點不眞實了。

西湖給人以疏離感，還有別一原因。它成名過早，遺跡過密，名位過重，山水亭舍與歷史的牽連過多，結果，成了一個象徵性物象非常稠厚的所在。遊覽可以，貼近去卻未免吃力。爲了擺脫這種感受，有一年夏天，我跳到湖水中游泳，獨個兒游了長長一程，算是與它有了觸膚之親。湖水並不涼快，湖底也不深，卻軟絨絨地不能蹬腳，提醒人們這裡有千年的淤積。上岸後一想，我是從宋代的一處勝跡下水，游到一位清人的遺宅終止的，於是，剛剛撫弄過的水波就立即被歷史所抽象，幾乎有點不眞實了。②

仔細默念一下，是否在語義完成後加上句號者較好讀？根據閱讀慣性，都會閱讀到句號才停頓。前者非得讀到段末才止息，會造成閱讀負擔；後者則可以在句號處稍作停留，再行閱讀，較便於閱讀。

② 余秋雨：《文化苦旅》（臺北：爾雅出版社，2003年4月），頁205。

附錄二　漫談勵志散文與論說文的不同

近幾年教學經驗中，我發現學生寫作時最大的問題在混同文體，將所有寫作經驗一概等同，最常見的是混淆勵志散文與論說文。

勵志散文是激勵人志向的文學短篇作品，由於具備正面積極的特質，故學習階段總被選爲優良課外讀物，也頗受歡迎。這類勵志散文從生活取材，愈貼近人生課題爲佳，如：生死、親情、愛情、友情、人際關係……。作者會先提出一主要觀點、態度，援引周遭搜集的故事與新聞時事爲證。這些例證不必是眾所周知的大人物、大事件，不知名小人物的故事愈能讓讀者感同身受。

所以，勵志散文立論是否嚴謹並非重點，如何經由故事、例證以求得立論的可靠性才是關鍵。這與論說文強調論點、論據、論證的緊密結合，而例證只是作爲論據的一種，以輔證論點適反。因此，勵志散文多半夾敘夾議，記敘、抒情兼而得之，偶而帶出一些作者觀點的說明或對討論人事物的論辯。但即便不仔細閱讀作者的觀點，從故事與例證已能順藤摸瓜了解作者想法。

不過，「勵志散文」與「論說文」在寫作形式上常南轅北轍，若錯用勵志散文文體來寫論說文，就會出現許多論說文寫作的致命傷。如何區分兩種文體差異，有以下三點。

觀點角度不同

從作者角度來看，勵志散文的作者兼具心靈導師的角色，其寫作目的本在指引人生問題的方向，故會以自身豐富經驗提供讀者參考。語氣時而和緩，時而嚴格，像慈母嚴父般安慰讀者心靈，屬於上對下的關係。而論說文的作者，是藉由論點、論據、論證說服讀者相信自己的論點，是站在相互對等關係上，討論客觀性問題。

從讀者角度來看，勵志散文讀者主要目的是透過作品，增加自己人生經驗與解決問題的方法。因此，讀者們不會懷疑，也不容懷疑作者心靈導師的角色，而是抱持信任作者觀點去實踐，使原本問題獲得改善。論說文的讀者則多從檢視角度出發，作者立論基礎是否穩當，有無邏輯、結構的矛盾，都是被檢驗的要目，而這也是閱讀論說文的基本態度。

遣詞用句的不同

勵志散文是經由故事、例證的敘述傳達人生道理，且閱讀對象的年齡層廣泛，故其遣詞用句有四個特點：一是「語彙」需淺顯易懂。二是「語氣」時而婉轉，時而剛強，諸如：藉由語氣詞與感嘆詞使文意舒緩，經由問句提升氣勢，以警醒讀者。三是「語句」可依需求，使用誇飾、轉化、譬喻……等修辭技巧，增加文章形式的變化性，靈活度。四是「對話」是勵志散文不可或缺的元素。作者以與讀者的對話或提問，流露出關懷或感同身受之情，使雙方產生互動，這也就是為何其常用第二人稱的「你……」「你們……」以及第一人稱「我……」「我們……」交談的理由。

但論說文不同。其遣詞用句同樣有四個相對應的特點：一是「語彙」需雅正，即用詞的典雅端正，忌口語化、非普遍性語詞，包括：過於俚俗的俗諺語、歇後語、網路流行語、詰屈聱牙的文句等。二是「語氣」要鏗鏘有力，以理性文字語言論辯與捍衛自己觀點，但勿流於叫囂謾罵。三是「語句」通順流暢，表意明確即可，舉凡誇飾、轉化、譬喻等積極修辭，大凡礙於「徵實性」者，一概可省。此外，是否定得掉弄書袋，引經據典才是好文章？非也。論說目的在申明己見，能以最精練清楚方式陳述之，不犯前後邏輯的矛盾，語詞中肯而「理」、「氣」兼備者，就是好文章。四是「不需對話」，論說文是在對等立場上說明、論辯，故不需對話，也不應對讀者大下指導棋，如言：「你說，不是如此嗎？」、「我想，你一定會認同我的觀點。」也不需時時刻刻點醒讀者第一人稱的重要性，如說：「我認為道德比法律來得更重要」、「我們一起攜手向前，邁向嶄新的人生。」論說文內容愈客觀及具有普遍性愈佳，這些人稱代名詞都限制在某一群屬內，易流於主觀。

舉例方向不同

勵志散文的例證是文章的主軸，「心靈導師們」透過周遭所見所聞的經驗提煉出自己的想法與見解，雖說是夾敘夾議，但很明顯「敘」的比例遠遠多過了「議」，即透過「事件」激起讀者認同，說理的內容只作爲輔助性的提綱挈領，點出文章旨意。且勵志散文例證愈貼近現實生活愈好，其撰述主題與內容咸從生活中觀察得來，閱讀對象廣被各層面，眾所周知的「通俗例證」與「生活敘事」方能使讀者心有戚戚。使用「通俗例證」意在符合多數人的知識水平，如：岳飛、文天祥、國父孫中山先生談盡忠爲國等。取材於市井的「生活敘事」，由於讀者無法考察其人其事，故這些例證的範圍效度受到「侷限性」。從閱讀方式來看，讀者也是以例證的警世性，趣味性，作爲理解的基本態度，非嚴謹地研究作者論辯是否正確。

至於論說文的舉例只是輔助性質，以論證作者論點的可行性，勿長篇大論，也不需鉅細靡遺交代事情經過，諸如「人物對話」應省略，簡單扼要提出例證、舉例目的即可。而例證類型大凡「歷史例」、「時事例」、「學理例」等具有「普遍性」的例證爲佳，過於個人化經驗因爲缺乏普遍性，又通俗化的例證難展現作者知識的深廣度，都不適宜作爲論說文的例證。再從閱讀方式來看，論說文讀者多使用嚴謹的客觀態度以檢覈作者所論是否正確可行。

綜合上述，簡單歸整如下表，總之，不同文體的寫作方式、讀者群都不一樣，不能等概而論。有興趣者可找出題意相近的兩篇勵志散文、論說文作對比，自能發現箇中差異，未來寫作時，就懂得區分二者異同，也不會再犯相同錯誤了。

	項目	勵志散文	論說文
觀點角度	作者偏「心靈導師」還是「對等關係」？	心靈導師	對等關係
	態度偏「信任實踐」還是「檢核考量」？	信任實踐	檢核考量
遣詞用句	語彙偏「淺顯易懂」還是「典雅端正」？	淺顯易懂	典雅端正
	語氣偏「婉轉剛強」還是「理性中立」？	婉轉剛強	理性中立
	語句偏「多變靈活」還是「徵實明確」？	多變靈活	徵實明確
	內容可「對話提問」還是「不需對話」？	對話提問	不需對話
舉例方向	文體偏「記敘抒情」還是「說明議論」？	記敘抒情	說明議論
	比重是「例主議輔」還是「議主例輔」？	例主議輔	議主例輔
	例證是「通俗侷限」還是「徵實普遍」？	通俗侷限	徵實普遍

原文刊登於〈樹人月刊〉第366期，2009年5、6月號，頁75-78。

附錄三　文言與白話虛詞的轉換——「副詞」、「連接詞」、「語氣助詞」

「虛詞」與「實詞」相對，虛詞是沒有實際意義的詞彙，功能是連接不同的實詞，形成句子，並能呈現不同的意思或情感表達，使實詞發揮作用，適度運用一些文言語彙取代現代白話文，亦能有提煉文氣的效果。以下羅列包括「副詞」、「連接詞」、「語氣助詞」等文言虛詞作爲參考，唯需理解該詞彙的意義、使用慣性，並切合上下文意使用爲妥。③

一、副詞

（一）程度副詞

程度副詞	文言詞彙	白話詞彙
輕微	少、稍、略、小、微	稍、略微、絲毫
加深	愈、益、彌、尤、更、滋、頗	更加、尤其
極高度	最、極、甚、殊、太、絕、特、頗、酷、至、良、殺（煞）、尤	很、極、太、非常、分外、特別

（二）範圍副詞

範圍副詞	文言詞彙	白話詞彙
總結	悉、皆、盡、咸、勝、俱、舉、畢、凡	（略）

③ 以下資料參見彙整自張中行主編：《文言常識》，頁115-120。薛金星主編：《文言文基礎知識手冊》（北京：北京教育出版社，2017年2月），頁135-139。吳亭宜、李炫宇編著：《國文科綜覽・下》（臺北：華逵文教科技公司，2006年12月），頁88-112。溫瑞峰：《白話文作法》（臺北：廣文社，1947年2月），頁12。

範圍副詞	文言詞彙	白話詞彙
僅限	唯、特、徒、獨、直、第、但、止、則、僅	只、僅、單獨、只是
共同	共、同、並、相	（略）

（三）時間副詞1 ——定時

時間副詞	文言詞彙	白話詞彙
現在	鼎	正
	正、方	正在
	適、直、值、當、會	正好、恰逢
	今	現在
過去	昔、曩	從前
	向	以前
	初、始	起初
	嘗、曾	曾經
	既、業、已、既已	已經
	比、頃、間、間者	近來
	方	剛剛
未來	將、且、垂、欲、其、方	將要
	比及	將近

（四）時間副詞2 ——不定時

時間副詞	文言詞彙	白話詞彙
長久	索、雅	一向
	永、長	永遠
	常	長久

時間副詞	文言詞彙	白話詞彙
短暫	尋、旋、俄、已而、既而、俄而、未幾、無何	不久
	須臾	片刻
	頃之、少焉、食頃、霎	一會兒
急速	遽、卒然、乍	突然
	立、即、急	立刻、急忙
漸進	稍	漸漸
	漸	逐漸
	徐	慢慢
終於	終	終於
	卒、迄	終究
	竟、遂	終於

（五）語氣副詞

語氣副詞	文言詞彙	白話詞彙
肯定、確認	必、誠、信、固、果、洵、實、良	一定、實在、果眞、的確、實在
否定、禁止	不、弗、未、非、靡、亡、否、毋、勿、莫、罔、蔑、微、非	不、沒有
推測、估量	殆、蓋、庶、或、其、得無（得毋……乎）、無乃（毋乃）……乎、庶幾	大概、也許、幾乎、可能
反詰	豈（豈不、豈無、豈非，以上三者以否定形式強化肯定性）、豈其、寧、庸、其、曾、烏	難道、哪裡

語氣副詞	文言詞彙	白話詞彙
祈使	幸、尚、其、顧、惟（唯）、冀	希望、期盼、冀望、願

（六）頻率副詞

頻率副詞	文言詞彙	白話詞彙
常常、往往	動、輒、每	（略）
屢次	屢、數、輒、累	（略）
偶而	偶、適、間、間或	（略）
有時	而或	（略）
再、也、還、第二次	復、更、再、又	（略）

（七）謙敬副詞

謙敬副詞	文言詞彙	白話詞彙
謙卑	竊、辱、伏惟	（略）
恭敬	幸、敢、請、敬、謹	（略）

二、連接詞（含具連接功能的副詞）

關係	文言詞彙	白話詞彙／說明
並列關係	與、及、而、且、則、且……且……，既……且……、以	與、以及、還有、和、又

<table>
<tr><th>關係</th><th colspan="2">文言詞彙</th><th>白話詞彙／說明</th></tr>
<tr><td>遞進關係</td><td colspan="2">而、且、尚……況……、非唯……亦抑……、非獨……亦……、既……終……、非徒……當以、不惟……且……、不僅……而且……、尚……況……、連……都……</td><td>不僅是A……，而且還有B……</td></tr>
<tr><td>選擇關係</td><td colspan="2">如、其、或、非……則……</td><td>或是</td></tr>
<tr><td rowspan="2">承接關係</td><td>連接詞</td><td>而、以、乃、則、遂、即、於是、然後</td><td rowspan="2">表示後面事物緊接著前面而來。</td></tr>
<tr><td>副詞</td><td>亦、也</td></tr>
<tr><td rowspan="2">轉折關係</td><td>連接詞</td><td>而、然、但、則、乃、雖</td><td rowspan="2">1. 以後句修正前句，表示全部或部分相反的觀念或事實。
2. 否定前句，表示出乎意料、無可奈何的心境。</td></tr>
<tr><td>副詞</td><td>顧、顧反</td></tr>
<tr><td>因果、目的關係</td><td colspan="2">以、爲、是故、是以</td><td>因爲……所以……</td></tr>
<tr><td>假設關係</td><td colspan="2">若、苟、今、使、雖、則、向使、假令</td><td>如果、假設、假使</td></tr>
<tr><td>修飾關係</td><td colspan="2">而、以</td><td>用以表達修飾語、中心語之間的關係。</td></tr>
</table>

三、語氣助詞

語氣詞	文言詞彙	白話詞彙
陳述語氣	也	了、呢、吧、嗎
	矣	了、啦
	焉	表示停頓，用於分句末或句中。
	耳	而已、罷了
疑問語氣	乎	1. 嗎：表詢問語氣。 2. 呢：表反問語氣。
	與（歟）	1. 與，譯爲「嗎」：用於特指問句。 2. 歟，譯爲「嗎」：用於是非問句。
	邪（耶）	1. 呢：表疑問。 2. 「得無……耶？」：表委婉揣度語氣。
感嘆語氣	哉、夫、兮	啊
句首語氣	唯、夫、蓋	1. 唯：有希冀語氣，有時可譯爲「希望」。 2. 夫、蓋：用於引起議論，不用翻譯。

國家圖書館出版品預行編目資料

精進書寫能力1——遣詞用句掌握文氣篇／李智平著. —— 初版. —— 臺北市：五南圖書出版股份有限公司，2021.03
面； 公分
ISBN 978-986-522-482-0（平裝）

1.漢語 2.作文 3.寫作法

802.7 110002345

1XJY

【大學寫作課】

精進書寫能力1——遣詞用句掌握文氣篇

作　　者— 李智平（81.6）
發 行 人— 楊榮川
總 經 理— 楊士清
總 編 輯— 楊秀麗
副總編輯— 黃文瓊
責任編輯— 吳雨潔
封面設計— 王麗娟
美術設計— 姚孝慈
出 版 者— 五南圖書出版股份有限公司
地　　址：106台北市大安區和平東路二段339號4樓
電　　話：(02)2705-5066　　傳　　真：(02)2706-6100
網　　址：https://www.wunan.com.tw
電子郵件：wunan@wunan.com.tw
劃撥帳號：01068953
戶　　名：五南圖書出版股份有限公司
法律顧問　林勝安律師事務所 林勝安律師
出版日期　2021年3月初版一刷
定　　價　新臺幣300元

經典永恆・名著常在

五十週年的獻禮——經典名著文庫

五南，五十年了，半個世紀，人生旅程的一大半，走過來了。
思索著，邁向百年的未來歷程，能為知識界、文化學術界作些什麼？
在速食文化的生態下，有什麼值得讓人雋永品味的？

歷代經典・當今名著，經過時間的洗禮，千錘百鍊，流傳至今，光芒耀人；
不僅使我們能領悟前人的智慧，同時也增深加廣我們思考的深度與視野。
我們決心投入巨資，有計畫的系統梳選，成立「經典名著文庫」，
希望收入古今中外思想性的、充滿睿智與獨見的經典、名著。
這是一項理想性的、永續性的巨大出版工程。
不在意讀者的眾寡，只考慮它的學術價值，力求完整展現先哲思想的軌跡；
為知識界開啟一片智慧之窗，營造一座百花綻放的世界文明公園，
任君遨遊、取菁吸蜜、嘉惠學子！